JN315649

二見文庫

澄んだブルーに魅せられて

アイリス・ジョハンセン／石原まどか=訳

Blue Velvet
by
Iris Johansen

Japanese translation rights arranged with Bantam Books,
an imprint of The Random House Publishing Group,
a division of Random House, Inc.
through Japan UNI Agency., Tokyo

読者のみなさんへ

密輸業者たちと、恋と、大胆不敵な救出劇。

まるで冒険活劇のように聞こえませんか？　じつはまさしく、そういう物語にしたくてこの『澄んだブルーに魅せられて』を書きはじめたのです。みなさんがこの現代の冒険活劇と勇ましい登場人物たちを気に入ってくださり、彼らの船が夕陽のかなたへ消えてしまうまで、おつきあいいただけることを願っています。これは純粋に現実を忘れて楽しむための物語です。アイス・スケートのオリンピック選手を主人公にした“*White Satin*”という物語を書き終えたばかりだったので、寒さと氷から逃れたい気分に駆られていました。

そこで今回のヒーローのボウ・ラントリーを熱帯の島国へ連れていくことにしたのです。彼はその島でケイト・ギルバートという勇敢かつたぐいまれな女性に出会います。ふたりが恋に落ちた瞬間から、熱帯の島はますます灼熱の暑さに。ハリケーンのごとく危険が襲いかかるなか、ふたりの恋はいっそう激しく燃えあがり、嵐に巻きこまれていきます。

それでは冒険のはじまり、はじまり……

アイリス・ジョハンセン

父に捧ぐ。
わたしに歌ってくれたすべての歌に。
わたしに与えてくれたすべての愛に。

澄んだブルーに魅せられて

登　場　人　物　紹　介

ケイト・ギルバート	カリブ海の島国カステラーノに暮らす女性
ボウ・ラントリー	財閥の御曹司
ジェフリー・ブレンダン	ケイトの父親がわり
ジュリオ・ロドリゲス	ケイトの友人
ラルフ・デスパルド	麻薬密売組織のボス
ダニエル・シーファート	ボウの船の船長
コンスエロ	漁村に住む未亡人。ジュリオの愛人

1

「ほかに選択肢がある？」ケイトはくるくるとカールした短い髪を気もそぞろにかき乱して問い返した。道向かいにある波止場の居酒屋の戸口を憂鬱《ゆううつ》そうに見つめる。「スキュラとカリュブディスの板挟みだわ（スキュラは海の怪物に姿を変えられたニンフで、カリュブディスはガイアとポセイドンの娘で、海の渦の擬人化）」

「スキュラとカリュブディス？」ジュリオがぽかんとしてきき返す。

「ほら、海の怪物と渦巻きよ」ケイトはバー〈アルバレス〉の戸口をにらんだまま答えた。

ジュリオにはそれでもちんぷんかんぷんだった。ケイトはいつも彼の知らないことわざばかり使う。「ジェフリーがよく言う、にっちもさっちもいかねえって意味かい？」

ケイトはうなずいた。「わたしたちが酒場からジェフリーを助けださないと、彼は喉にナイフを突きつけられて飛行機の操縦席に座るはめになるわ。それとも浴びるほど飲まされて、セスナの隠し場所をしゃべってしまうか」

「その前に意識をなくしちまうんじゃないかな」ジュリオが期待をこめて言う。「店主の話だと、二、三分前にはもうその寸前だったらしいよ」

「そしたらあいつらは彼を起こして、最初からはじめるわ」ケイトは首をふりつつ言った。「だめよ、なんとしても連れださないと。ラルフ・デスパルドの魔の手からジェフリーを救いだしたら、カステラーノから逃がす方法を考えましょう」

「でもいったいどうやるんだい？」ジュリオはいぶかしげにたずねた。「いまのところ、ジェフリーと飲んでいるのはデスパルドだけだが、シモンズやほかの手下たちが奥の部屋にいるんだぜ。おれたちが妙な真似をしたら、たちまち全員出てきて取りかこまれちまうよ」

ケイトは唇をかんだ。「気づかれないようにしなきゃね。あなたがジェフリーの仲間だってことを、あいつらに知られないようにしないと。デスパルドがジェフリーの小屋を訪ねてくるときはいつも、飛行機の番をしていたでしょ。存在を知られないかぎり、あなたは無事でいられるわ。店にはわたしひとりで入る」

「だめだ、そんなことはさせられない」ジュリオは断固として言った。ケイトがどういう行動に出るか、予想しておくべきだった。大切な存在に対して、彼女は子どもを守る雌ライオンのように保護本能をむきだしにする。そしてジェフリー・ブレンダンは彼女が大切に思う人間のひとりだ。それもみずからの身を削るほどに。ふたりとともに過ごしてきた四年間で、ケイトが二日酔いのジェフリーを看病し、落ちこんだときは元気づけ、窮地から救いだすのをさんざん見てきた。だがケイトは見返りなどいっさい求めない。つねにありったけのものをさしだす。もっともジェフリーばかりを責められない。ジュリオ自身、ケイトの惜しみない献身的な愛情の恩恵にいつもあずかっているのだから。だが、彼女がひとりで酒場に入るという考えには絶対に賛成できない。「やるしかないなら、おれも一緒に行く」

「いいえ、わたしに考えがあるの」ケイトは眉根を寄せて考えながら言った。「さっき頼んだ配電盤のある場所、調べといてくれた？」

ジュリオはうなずいた。「店の裏手の外側にある」

「よかった」ケイトは腕時計を見た。夜中の十二時をまわったところだ。「十分後に配電盤のところに行ってて。合図をしてちょうだい、電源のスイッチを一瞬だけ落とすの。どうせ電圧が不安定なだけだろうと誰も気にしないわ。そして一分たったら、今度は完全にブレーカーを落とすのよ。いい？」

「おれが配電盤でいたずらしているあいだ、きみはなにをするんだ？」

「デスパルドの気をそらして、なんとかジェフリーを連れだす隙《すき》を見つけるわ」

「気をそらす？」ジュリオは渋い顔をした。「きみの考えがおれの思ったとおりでないことを祈るよ。デスパルドみたいな男をきみが相手にできるもんか」

「ジュリオ、気をそらすって言ったでしょ、誘惑するわけじゃないわ！　ほんの十分ぐらいならそんなに難しくないと思うの。あいつ、コテージに訪ねてくると、いつもわたしに言い寄ってくるから」顔をしかめて言う。「わたしが特別ってわけじゃないと思うけど。八十歳以下の女の人なら誰にでもそうなのよ」

でも彼女はまさしく特別だ。ジュリオは思った。ケイトみたいに温かく愛情深くて、澄み切った正直な心を持つ女性はほかにどこを探してもいやしない。その彼女にデスパルドが手を触れると思うと胸くそが悪くなる。「おれは賛成できない。そもそも、きみはああいう店に出入りしたりしちゃいけないんだ」

「わたしがあの店に何度も出入りしているのはあなたもよく知っているでしょ。それに自分の身は自分で守れるわ」ケイトは言い足した。「おかげさまで、さんざん鍛えてもらったから」たしかにそのとおりだ。ケイトは皮肉っぽく考えた。ろくでもない夢ばかり追いかけているジェフリーのあとをわたしはつねについてまわり、正気に返らせ、痛い目に遭わないように気を配ってきた。「今度だって同じよ。わたしは大丈夫、ジュリオ」

「でもおれ……」

「だめよ、ジュリオ」ケイトは優しくきっぱりと言った。「わたしのやりかたでいくわ。ブレーカーを落としたらすぐに正面へまわって店に入ってきて。ジェフリーを連れだすのを手伝ってほしいの。それまでできるだけ人目につかないようにしていてね」そう言いながら、ケイトはいたずらっぽく微笑《ほほえ》んで、ジュリオのがっしりした肩と堂々たる巨体に目を走らせた。「あなたにはかなり無理な頼みだとは思うけど」

「ケイト、やっぱり危ない――」

「それしか方法はないわ」ケイトはジュリオの言葉をさえぎった。腕時計を見る。「十分後よ。いいわね」そう言うと、ふり返りもせずに道の向こうへ渡っていった。ジュリオの言いぶんにつきあっていたら夜どおしかかってしまうし、結局はらちがあかず、さっきも言ったように、スキュラとカリュブディスにはさまれたままだろう。

騒がしい酒場のなかは薄暗く、ウイスキーと汗とマリファナ煙草《たばこ》の刺すような甘ったるい匂いがたちこめていた。ケイトは店主のヘクター・アルバレスご自慢の磨きこまれたカウンターに寄りかかり、見慣れた白髪《しらが》交じりの頭を探してもどかしげに店内を見まわした。隅の席にいるセクシーで魅力的な女性には見覚えがある。ジェフリーといたところを見かけたのかもしれない。ジェフリーは女性と飲むのが好きで、相手は魅力的であればあるほどいいのだ。

しかし今夜のその女性のお相手はアメリカ人男性のようだが、ジェフリーではなかった。その男性客は黒いジーンズに同じく黒っぽい半袖のニット・シャツを着ていた。暗がりのなかで髪がブロンズ色に輝いている。店の奥へ目を移そうとしたとき、男性がケイトの視線に気づいたかのようにこちらをふり向いた。

彼は危険だ。ケイトはわけもなくそう感じた。男性の形のいい唇が大胆不敵なカーブを描き、その誘惑的な微笑みに隣りの女はすっかりとりこになっている。彼に細めた目で見つめられ、ケイトは妙に落ち着かない気分になった。

すぐに目をそらし、うかつな自分をたしなめた。ほんの一瞬、あの見知らぬ男性のほうがデスパルドよりよほど危険に思えた。きっと緊張しているせいで神経質になっているのだろう。やっと奥のほうにデスパルドを見つけた。ジェフリーの姿が見えなかったのも当然だわ、とうんざりしながら思った。ぼさぼさ頭をテーブルに突っ伏して酔いつぶれている。わたしとジュリオにとっては最高の状況ね。完全に正体をなくしたジェフリーとは。

ともかくやるしかない。

「ヘクターが奥の部屋を使わせてくれるわ」黒髪の女が甘くかすれた声で誘いかけてきた。テーブルの下で大胆に腿を撫《な》でられて、即座に彼が反応したのを察し、ラテン系の女の目に満足の色が浮かぶ。「ねえ、うんと楽しませてあげるわよ。あたしなら……」

ボウ・ラントリーは女の話の脈絡がまるでわからなかった。なんていう名前だったか？そう、リアンだ。いずれにしても関心があったのは彼女の話ではなく、肉感的な曲線を描く体と……テーブルの下で彼をもてあそぶいたずらで刺激的な手のほうだ。

三週間前にバルバドスでバーバラをおろして以来、女とはご無沙汰だった。港町の酒場に入り、この女に艶《つや》っぽく微笑みかけられた瞬間、ボウは禁欲生活の終わりを予感した。彼女は清潔で魅力的で、ハスキーな声で耳元にささやく言葉からして、どんなことでもしてくれそうだった。それこそまさしく今夜求めていたことだ。後くされなく欲求を満たし、朝になったら気前よく札束を化粧台に置いて立ち去れる。

街の中心へ入らずに楽しめるならそれに越したことはない。カステラーノ共和国はカリブ海の犯罪者たちのたまり場で、政府のほうもそれに負けず劣らず腐敗しているという。首都マリバで道に迷い、路地裏で刺殺体となって転がっていたくはない。だからこの店でじゅうぶん満足だ。ヘクターとやらが貸してくれる奥の部屋でリアンと楽しみ、朝になったら〈サーチャー号〉に戻る。そしてダニエルに出航を命じ、正午にはトリニダード島沖へ近づいていることだろう。それで船長もひと安心のはずだ。今日の午後、マリバへ着いてからというもの、船長のダニエルはやけに警戒していた。船員たちには上陸を認めず、自分自身も船にとどまった。

しかしいつものように、ボウにだけは船をおりるなと説得したりはしなかった。お互いに干渉しないという暗黙の了解で、ふたりはうまくやってきている。ボウのちょっとした冒険に対して、ダニエルは言葉であれ表情であれ、決して賛成も反対も示さない。しかしごくたまにダニエル自身がはめをはずしたい気分のときは、お互いに大いに意気投合する。

女はまだ耳元でささやきつづけていて、ボウは本来ならそれに耳を傾けているべきだった。きっと金の話だろう。ケチだと思われて機嫌を損ねられては困る。だがまだ夜ははじまったばかりだし、あわてることはない。こちらが気のないそぶりをしたら、もっと手のこんだ誘惑を仕掛けてくるかもしれないな。ボウはこの二年ほどのあいだに各地で訪れた何百という酒場となんら変わり映えしない、煙った店内をなんの気なしに見まわした。

そして勇敢でひたむきな、澄んだ深いブルーの瞳と出会った。

その瞬間、ボウは急に胸がしめつけられたように感じた。これほどまっすぐなまなざしの持ち主にはかつて出会ったためしがない。自分の激しい反応に、ボウはとまどった。おそらく黒い瞳のラテン人種ばかりの店で、予想外に青い瞳に出会ったせいでふいを突かれたのだろう。その女性は、そこまで動揺するほどの美ぼうというわけではなかった。二十代はじめぐらいで、濃い睫毛《まつげ》に縁取られたあのたぐいまれな瞳以外はごく月並みな容貌をしている。形のよい唇ははかなげな感じで心をそそられるが、美女というには鼻が上向きすぎているし、体つきもグラマーとはほど遠い。

「あんな子がいいの？」リアンがボウの視線の先をたどり、きつい口調できいてきた。「がりがりじゃない。服を脱いだら骨と皮よ」

「そうかな？」ボウはカウンターの前に立つ女性を眺めながら、気楽そうに答えた。平均よりやや背が高く、何度も洗いざらして白っぽく色あせたジーンズをはいている。それよりやや青みのある男物のシャツの裾でヒップはすっぽり隠れている。彼女はすでにボウから目をそらし、反対側の奥のテーブル席をなにやら緊張した様子で見つめていた。「あんなだぶだぶのシャツとジーンズを着ていたら、外から見てもわからないじゃないか。彼女、知りあいかい？」

リアンは肩をすくめた。「ケイトとかいう名前だと思うけど。この辺りで何度か見かけているわ」言いながら身を乗りだして、豊かな胸の谷間を見せつける。「あたしみたいに売れっ子じゃないから、ほかの場所へあなたを連れていかなきゃならないはずよ。ヘクターが奥の部屋を使わせてくれるのはあたしだけなの」

「きみだけ特別扱いしてもらえる理由はよくわかるよ」ボウは女の手を腿から離して言った。ふいに豊満な胸が大きすぎるように感じられ、魅力もありきたりなものに思えてきた。

ケイトという女性は奥のテーブル席へ向かって、優美な足取りでさっそうと歩いていく。カールした茶色いショートヘアは、陽《ひ》にさらされてところどころ金色になっている。赤ん坊の髪のように柔らかそうで、シャンプーのコマーシャルみたいにつややかだ。肌も柔らかそうだな。ボウはジンジャーエールのグラスを口元に近づけながら思った。突然、あの肌に触れたいという衝動がこみあげてきた。

「じゃあ、あたしと一緒に来るのね?」リアンがなまめかしい笑みを浮かべてきいてきた。

「え、なんだって?」ボウはグラスを置くと、席を立った。「また今度にするよ」ボウはテーブルに気前よくチップを置いて、青い瞳の愛くるしいケイトのほうへゆっくりと歩きだした。

思わず触れたくなるほどシルクのようになめらかな肌。あの男物のシャツを脱がせたらどんなに愛らしいことだろう。リアンが言ったように細身かもしれないが、健康的で女らしい小ぶりのヒップはなかなか魅力的だ。これほどの眺めに抵抗するのは難しい。

ただひとつの問題は、当のレディにはお目当てがいるらしいことだ。彼女が足を止めたテーブル席にはふたりの黒髪の男がいた。半分空になったバーボンのボトルがあり、片方の男は酔いつぶれている。少なくともそっちのほうとは、ケイトを取りあわずにすみそうだ、とボウは思った。じゃまなのは豚みたいに小さな目でにやにやしながら彼女を見ているひげ面の男のほうだ。金で手を引かせるか? それでだめなら、思っていたよりおもしろい晩になりそうだ。ボウは不敵な笑みを浮かべて足を速めた。シルクの肌のケイトと夜を過ごせるなら、軽い取っ組みあいのひとつやふたつはする価値がある。

ケイトはいま、ひげ面の男になにか話しかけていて、男は片手をのばして彼女のお尻をさわっている。彼女のほうは気にしていないようだが、ボウは妙に独占欲に駆られている自分に気づいた。いらだたしげに肩をすくめてそんな思いをふり払う。まったく、ノリのいい酒場の女と一晩きりのお楽しみを目当てに来たはずが、いったいどうしたっていうんだ？

しかし目指すテーブル席へ着いても、独占欲は冷めやらなかった。ケイトという女性は話すのをやめて、息をのむほど鮮やかなブルーの瞳を大きく見開き、ボウを見つめた。

ボウは冗談めかしておじぎをした。「交渉のじゃまをして申しわけない。話が進んでいたら悪いんだが、ぼくもお誘いを、いや、入札をさせてもらえるかな」

「失《う》せやがれ」ひげ面の男が不機嫌に言い、おもむろに背中を起こした。「このレディとおれはちょうど合意に達したところだ」

「それはぼくの提示金額を聞いてないからかもしれない」ボウはおどけた口調で言い、欲望に煙ったまなざしでケイトを見つめた。「ぼくは気前がいいよ。ケイト、一緒に来てくれ」優しくあやすようにささやく。「後悔はさせないから」

ケイトは顔をそむけたが、その瞳に一瞬恐怖がちらつくのを見て、ボウは不思議に思った。

「あっちへ行って」ケイトはそっけなく言った。「ラルフの言うとおりよ。もう話はついているの」

ラルフと呼ばれた男は満足そうに低い声で笑い、ふたたびケイトの尻を撫でまわした。「聞いたか？　おまえはお呼びじゃないんだ。おれのほうがいいとさ」男はケイトを見あげた。「そうだろ、ケイト？」

「そうよ。あたりまえでしょう、ラルフ。わたしたちの相性がどんなにいいか、いつも話してくれてるじゃないの」

「ぼくたちの相性のほうがいいと思うな」ボウは優しく言った。「きみが望むものはなんでもあげるよ。言ってくれれば、それはきみのものだ」

「お願い」ケイトは不安げに唇を湿らせ、ラルフに微笑みかけた。

まいった、なんて可愛らしい笑顔だろう。顔じゅうがぱっと明るくなるような温かな笑みのせいで、彼女がいわゆる〝美女〟ではないことを忘れてしまう。男が彼女の尻を撫でまわしていること以上に、その微笑みが当の男に向けられていることが、ボウには腹立たしくてならなかった。そんなふうに思うことじたい、今夜のほかの衝動と同様に、頭がどうかしている証拠だ。この女性のことは忘れて、リアンのもとへ戻るべきなのはわかっている。夜のお楽しみを得るために、彼女の客ばかりか彼女本人とも言い争わねばならないのだから。おまけに彼女の男の好みも最悪だ。男の豚じみた小さな目はいかにも狡猾《こうかつ》そうで、誰かを思いださせる。ジョージ。そう、あの貪欲な叔父のジョージだ。ふいにわけもなく、激しい敵意がこみあげてきた。ジョージ叔父のような連中は、さしだされもしないのになんでも好き勝手にわがものにしようとする。この豚じみた目つきの男に、ぼくの欲しいものに手を触れさせてなるものか。ボウはますますケイトが欲しくてたまらなくなった。

緊迫した沈黙がつづくなかで、ケイトは革のベルトの腕時計をそっと見やり、ボウに目を向けた。「お願いだから行って。いますぐに！」

「きみが一緒に来るならいいよ」

ひげ面の男はケイトの尻から手を離し、恐ろしい目つきでボウをにらんだ。「言っただろうが――」

電灯が一瞬消えかけると、ケイトは苛立《いらだ》ちと緊張に顔をこわばらせた。「ああ、もう！」テーブルにあったバーボンのボトルをつかむ。「まったくもう！」そう言うなり、ボトルを思い切りラルフの頭めがけてふりおろした。「あっちへ行ってって言ったのに」ラルフが意識を失って突っ伏すかたわらで、ケイトがボウをなじった。「どうしてじゃまするのよ！」

明かりが消えて店内が真っ暗になり、客たちが騒ぎだした。椅子を乱暴に引く音やぶつかりあってののしる声が激しくなる。

「思いどおりにするためには少々荒っぽい手を使うってことを、この次からよく覚えておくよ」ボウは辛辣《しんらつ》に言った。「こいつを厄介払いしたいなら、きみが手を下さなくとも、ぼくがやってあげたのに。こいつはじゃまなだけじゃなく、胸くそ悪いほどジョージ叔父さんを思いださせるんでね」

「ちょっと黙ってて」ケイトはぼやいた。「あなたのせいでめちゃくちゃだわ。わたしが一生懸命彼を油断させようとしてるのに、あなたったらわざと怒らせるようなことを言うんだもの」

暗がりに目が慣れると、ケイトがテーブルの向こう側へまわり、一連の出来事も知らず幸せに酔いつぶれている白髪頭の男に近づくのが見えた。今度はいったいなにをするつもりだ？

「ケイト？」

戸口のほうから男らしく力強い声がした。

「こっちよ」ケイトはそちらへ呼びかけ、白髪頭の男が座っている椅子を引っぱった。「まっすぐ来て、一番奥にいるわ」

「手伝おうか？」ボウは礼儀正しくたずねた。

「けっこうよ」ケイトは不機嫌に答えた。「あなたにじゃまされたせいで、もう時間がないの」ケイトのわきに見あげるような巨体が現われた。

「ケイト？」さっき戸口からした声の持ち主だが、今度は声をひそめている。

「そばにいるわ、ジュリオ」ケイトはほっとしたように答えた。「デスパルドはわたしがなんとかしたけど、すぐに誰かが懐中電灯を持ってくるわ。奥の部屋からシモンズたちが飛びだしてくる前に、早くジェフリーを連れださなきゃ」

「大丈夫。おれが一分で外に担《かつ》ぎだすよ」ジュリオの頼もしい声にはかすかにスペイン語の訛《なま》りがあった。ジュリオは身をかがめ、消防士の要領で小柄な男を肩に担いだ。「きみは先に行って道を空けてくれ」

「ぼくが先導役を務めよう」ボウはますます好奇心に駆られて申しでた。「肩に担いだそのお荷物をどうこうしようってわけじゃないよな？　殴ったり殺したりするつもりじゃないんだろう？」

ジュリオの巨体が立ちすくんだ。「誰だ？」

「誰でもないわ」ケイトがいらいらして言う。「この人のことは気にしないで、ジュリオ。とにかくここを出るのよ」

「賛成だ」ボウは同意した。「奥の部屋からなんとかいうやつらが飛びだしてくる前にね」出口へ向かって歩きだしながら言う。「ついてきてくれ、ジュリオ」

ボウはジュリオがついてくるかどうかふり返って確かめたりはせず、ののしり殴りあう客たちのあいだをすり抜け、情け容赦なく人々を押しのけて戸口へたどり着いた。外へ出ながらら肩越しにふり向くと、酔いつぶれた男を担いだ大柄な青年がすぐ後ろについてきていた。角の街灯の薄明かりに照らされたその青年を見て、ボウは口笛を吹くまねをした。ジュリオは少なくとも百九十センチ以上あり、体つきはアメフト選手のように頑丈そうだ。

「一ブロックほど向こうに裏道があるわ。波止場に人気《ひとけ》がなくなるまでそこに隠れていましょう」ケイトは左へ向かって歩きだした。「さあ、早く、ジュリオ！」

ボウが答えた。「すぐ後ろにいるよ」

「あなたじゃないわ」ケイトは肩越しに怒った目つきでボウをにらんだ。「もう行って！」

「それはできないな」ボウは平然と答えた。「この友人をきみらがどうするつもりかわからないからね。桟橋から投げ捨てるようなことがあれば、ぼくは殺人の共犯にされてしまうかもしれない」かぶりをふってつづける。「身の潔白を守るためにも、きみらについていかないと」

「そんなことするわけないでしょ」ケイトは憮然《ぶぜん》として答えた。「彼を助けようとしているのがわからないの？」

「そうなのかい？」ボウはからかうように眉を上げた。「混乱していてよくわからなかったよ。唯一の犠牲者はわが友ラルフだけのようだ」虎を思わせる笑みを浮かべて言う。「あいつをのしたことをとがめているんじゃないよ。どのみち自分でやるつもりだった」

「じゃあ、わたしが代わってやってあげたわけね」ごみと濡《ぬ》れた段ボールの汚臭がする真っ暗な裏道に入りながら、ケイトは言った。「でもデスパルドはあなたの顔を覚えているでしょうから、彼が正気に返る前にカステラーノを出たほうが身のためよ。わたしたちにいい感情を抱くとは思えないから」

「そいつは残念だ」ボウはつぶやいた。「せっかく仲良くなれそうだと思ったのに」

道の奥まで来ると、ケイトはジュリオに合図して、ひどく傾《かし》いだドアの陰に荷物をおろさせた。「ずいぶんおもしろがっているようだけど、あなたがわたしたちを手助けしたとデスパルドが知ったら、そんなにのんきにしていられないわよ。本当に危険な男なんだから」

「たしかにきみたちのおかげで退屈な夜が盛りあがったことは認めるよ」ボウは冷ややかに答えた。「そのデスパルドとやらは、なぜそんなに危険なんだい？」

「麻薬の密輸業者なの」ケイトは言った。「カリブ海の大物のひとりよ。カステラーノ政府の上層部ともつながってる。アメリカ人のあなたは政府につかまることはないけれど、デスパルドの組織の者からは逃れられないわ」ふと心もとなげに言葉を切る。「あなた、アメリカ人よね？　とってもおかしなアクセントだけど」

「出身はヴァージニア州だ」ボウはやや憮然とした口調で答えた。「南部のアクセントはおかしくなんかないぞ。変な話しかたをするのはヤンキーのほうだ」

「それがそうなの？」ケイトはジュリオが物陰にもたせかけた男のそばに膝をつきながらたずねた。ジーンズのポケットを探っていたかと思うと、突然の炎がゆらめいて暗闇を照らしだした。「初めて聞いたわ」

一度も南部訛りを聞いたことがない？　だが彼女の話し言葉はどこから聞いてもアメリカ人そのものだ。「きみの出身地は？」

「あちこち」ケイトは泥酔状態の男のまぶたをこじ開けながら、あいまいに答えた。「完全に酔いつぶれているわ、ジュリオ。森へ連れていくには、あなたが運ぶしかなさそうよ」しゃがみこんで言う。「きっと誰かに見られて、デスパルドに知らせがいく。街の住人はほとんどあいつの手下だから」

ジュリオがそばに膝をつく。「じゃあ、どうする？」

ケイトは片手で額を押さえた。「わたしだってわからないわ。少し考えさせて」

「ぼくからちょっとした提案があるんだが」ボウは言った。「きみらの意識不明の友人は警察とデスパルドの両方に追われる身で、島を脱出させるまでかくまっておける場所を探している。そういうことだね？」ケイトがうなずくと、ボウはつづけた。「ここから二ブロックほどのところにぼくが所有する安全な場所がある。ここにいる友人ときみたちふたりをカステラーノから脱出させることを保証しよう。お望みとあらばトリニダード諸島まで行ってもいい」問いかけるように眉を上げる。「興味があるかい？」

ケイトはゆっくりとうなずいた。「その安全な場所ってどこなの？」

「波止場にぼくの船を停泊させている。きみがある言葉を言いさえすれば、その逃亡者をそこへ連れていってあげよう」

ライターのゆらめく火に照らされたケイトの鮮やかなブルーの瞳は、澄んだ偽りのない光を湛《たた》えていた。「ある言葉って？」ケイトは静かにたずねた。

ボウはからかうような笑みを浮かべて答えた。「〝イエス〟さ。さっき酒場でぼくがした申し出にイエスと答えてくれるだけでいい。友人の身の安全を思えば、それほど高い対価ではないんじゃないかな」

ケイトはしばし無言だった。「そうね、高い対価ではないかもしれない」そう言うなり顔をそむけてしまったので、ボウには彼女の横顔しか見えなかった。ケイトは意識のない男を優しげな表情で見おろした。「安いくらいよね」

「申し出って？」ジュリオがうさん臭そうにたずねた。

「心配しないで、ジュリオ」ケイトは穏やかに言った。「この紳士とわたしはお互いに了解していることだから」

「でもいったいどんな——」

「大丈夫だって言ったでしょう」ケイトは有無を言わせぬ口調で言った。「もう忘れて。それより心配しなきゃならないことが目の前にあるじゃない」ボウと目を見交わす。「いいわ。取り引き成立よ」

「よし」ボウはささやかな勝利に不釣りあいなほど興奮を覚えた。興奮、あるいはたんなる性欲か。おそらくその両方だろう。「問題が片づいたところで、自己紹介といこうか」おどけて会釈する。「ボウ・ラントリーです。なんなりとお申しつけを」

「ケイト・ギルバートよ。彼はジュリオ・ロドリゲス」

「酔っぱらってつぶれているその友人は？」

ケイトは意識のない男の額にかかった髪を優しく払ってやった。「ジェフリー・ブレンダン」

「家族かい？」ボウは酒場でケイトがデスパルドに微笑みかけたときに感じたのと同じ理屈では説明できない嫉妬心を覚えた。

ケイトは首をふった。「血のつながりはないわ。ただの友だちよ」

「では、その友だちを安全で快適な寝床に連れていってやるとしようか」

「ジュリオが彼を担いでいくのはまだ早いと思うわ。見つかってしまう」ケイトは言った。「でもわたしたちだけなら動ける」涼しげにボウを見やる。「カステラーノを脱出する前にすることがあるの。手伝ってくれない？」

「隠し場所か？」ジュリオが首をふりつつ言う。「危なすぎるよ、ケイト。つかまったらデスパルドの部下たちに殺されちまうぞ」

　ケイトはジュリオの言葉を無視して、静かに挑むようなまなざしをボウに注いだ。「彼の言うとおり、とても危険よ。でもあなたなら、酒場の一件よりももっとおもしろがるかもしれない。一緒に来る？」

「それは違法行為、それともただの道徳違反？」ボウは軽い口調でたずねた。

「カステラーノではどちらにも当てはまらないわ。それどころか、米国税関局から表彰メダルをもらえるでしょうね」ケイトは軽く笑みを浮かべて言った。「いまから六百万ドル相当のコカインを燃やしに行くところなの」

　ボウは低く口笛を吹いた。「せっかくきみに投資したからには、大事に守らないといけないし、メダルをもらうのは大好きだ。もう何年も獲《と》ってないが、また運試しをしてみるか」ボウはジュリオに向かって言った。「船の名前は〈サーチャー号〉だ。船長はダニエル・シーファート。ボウに言われて来たと言えばすぐ通じる。あとはダニエルが引き受けてくれるだろう」

　ジュリオは不安そうな顔つきになった。「なにもたずねられないかな？」

ボウはうなずいた。「好奇心は持つかもしれないが、拒みはしない。ダニエルはぼくの勝手気ままなやりかたに慣れているからね」

例の澄んだブルーの瞳が今度はまじめに探るようにボウに向けられた。「こういうたぐいのことが、あなたにとっては珍しくもないみたいね。薄い氷の上でスケートをするような興奮が好きなのかしら」

ボウはふいに笑いだした。「きみがそんなことを言うとはおもしろいな。ここ二年以上、スケートのことなんか考えもしなかったよ」皮肉っぽい笑みを浮かべる。「でもたしかに、氷が薄いとスリルは増すよな」ボウは立ちあがると、ケイトに手をさしのべた。「それでは、宝探しに行こうか」

2

道端の街灯に照らされた彼の目は、ケイトが最初に思ったような茶色ではなかった。風変わりな金色の斑点が散ったはしばみ色の瞳は、勝手気ままで向こう見ずな人柄を象徴するようだ。その瞳を興奮で輝かせ、ボウはケイトを見おろした。「そのコカインの隠し場所がどこなのか、教えてもらえるかい？」

「ほんの数ブロックのところよ。デスパルドたちは波止場のさびれた空き倉庫を保管場所にしているの。そこから船で輸送するつもりだったけど、目当ての小型船をハイジャックできなかったのよ」ケイトは道の左右に用心深く目を走らせてから右へ曲がり、ボウについてくるよう手招きした。「十五分ぐらいで着くわ」

「途中で災難に見舞われなければね」ボウは長い脚でたやすくケイトの小走りに合わせてついてきた。「きみの仲間の悪党たちをうまく巻いたようだが、追いつかれないとも限らないからな」

「勇気づけてくれてうれしいわ」ケイトは憤然としてボウをにらみつけた。「あなたにとってはおふざけかもしれないけど、わたしはものすごく真剣なのよ」むっとして言う。「それにデスパルドは仲間なんかじゃないわ。最低最悪の男、いまわしいコカトリス（頭・足・羽根は鶏、胴と尾は蛇の怪物で、見つめられた者は死ぬ）よ」

「なんだって？」ボウはぽかんとしてきき返した。

「コカトリス」ケイトはいらだたしげにくり返した。「ほら、見つめた相手を殺してしまう神話の蛇」

「ああ、あれか」ボウは皮肉めいた笑みを浮かべた。「すまない。そんなことも忘れるなんて。きみをそんな怪物と同類扱いするとは、ぼくはなんて失礼なやつなんだ。てっきりきみらはデスパルドと組んでいて、仲間割れしたんだと思ってね」

「ジェフリーは誰とも組まないわ。仕事をするときはいつもひとりよ」ケイトは怒りのまなざしをボウに向けた。「それにジェフリーは犯罪者じゃない。あんなコカトリスたちと一緒にしないで」

「そうなのかい？　じゃあ、どんな罪を犯したんだ？」ボウは気楽な口調でたずねた。「ぼくの見たところでは、コカインを違法に合衆国へ運ぶ予定だったようだが。つまりそれは密輸ってことで、ぼくが最後に聞いたかぎりでは重大な犯罪とみなされるはずだ。きみのジェフリーは密輸業者じゃないのか？」

「そうだけど」ケイトは気まずそうな顔をした。「たしかにそのとおりよ、でも本人はそういうふうには考えていないの。ドラッグやお酒や、人に害を及ぼすようなものは運ばないと決めてるのよ」

「人に害を及ぼさないものは密輸してもいいと政府が許可してくれないのは残念だな」

「ジェフリーは前世紀の先祖返りみたいな人なのよ。自分をヘンリー・モーガン（十七世紀に南北アメリカで活躍した海賊）やジャン・ラフィット（十九世紀初頭にメキシコ湾で活躍した海賊）みたいに思っているの」ケイトは力なく肩をすくめた。「密輸業はいまどきの紳士の冒険的娯楽だって考えているわ」

「きみもそういうふうに思っているのかい？」

ケイトは首をふった。「いいえ」簡潔に答える。「でも彼がそう信じているのはわかっているし、わたしはそれでいいの」

「えらく献身的なんだな」ボウのからかいの言葉には刺《とげ》が含まれていた。「こんなに理解があって活動的な女性がいてくれて、きみの恋人は幸せ者だな。今夜みたいな状況で彼を助けだすことはよくあるのかい？」

ケイトは驚いて目を丸くした。「ジェフリーはわたしの恋人なんかじゃないわ」そんなふうに思われるとは考えてもみなかった。それにこの人、なんだか怒っているみたい。

ボウはケイトの顔をちらりと見やった。「じゃあ、もうひとりのほうか」

「ジュリオのこと?」ケイトは思わず吹きだした。「あの子はまだ十八よ」

「もっと年上に見える。二十五ぐらいかと思ったよ」ボウはまた皮肉っぽく微笑んだ。「それで、きみみたいな大人の女性は若造には興味ないって?」

「ジュリオはとてもつらい体験をくぐり抜けてきたの」ケイトはふいにまじめな顔つきになって言った。「わたしたち三人は友だち、それだけよ。お互いに助けあっているの」幼い子どものように真剣な、澄んだ青い瞳で彼女はボウを見あげた。「あなたは異性の友だちはいないの?」

「昔はいた」ボウは不機嫌そうに答えた。「特別な女性だったが、残念ながらその六年間の友情にはもれなく束縛というおまけもついてきてね。だからそれ以来、女性を友だちとして見るのはやめることにしたんだ」ボウはくだけたセクシーな笑みを浮かべた。「関係は短いほうがお互いにとって喜ばしいものだ。さっきのぼくらの非常に満足のいく取り決めのようにね」

ケイトは考え深げな表情でうなずいた。「たしかに、あなたは束縛を嫌うタイプに見えるわ」彼のくつろいだ口調や態度の裏側に、いまにも爆発しそうな荒々しい衝動が隠されているのが感じ取れる。「ジェフリーが必死でなりたがっているのは、あなたみたいなタイプの男性だと思う。先祖に海賊の血がまじっていたりしない？」

「そう言われてみれば、一八一二年の米英戦争時に私掠船《しりゃくせん》の船長だったラントリーが先祖にいるよ」ボウはこともなげに答えた。「きわめて有能な人物だったらしい。略奪品で一族の財を築いた」ウインクして言う。「イギリス、フランス、スペイン、オランダ。公海を行くあらゆる船から財宝を奪い取った。愛国心の名のもとに」

「あなたとジェフリーはきっと気が合うわ。似た者同士だもの」

ケイトににこっと笑いかけられ、ボウは息をのんだ。ああ、なんて可愛らしい笑顔なんだ。まるで寒い冬の日に暖かな陽がさしたようだ。

「あなたを説得して仕事に誘いこもうとさえするかもしれないわ」ケイトはつづけた。「あなたは興味ある？」

「密輸業にかい？」ボウは首をふった。「ジェフリーに関わることで興味があるのはたったひとつ――ぼくがいま見つめている女性だけだ」ボウは青いシャンブレー地のシャツの下で上向きに盛りあがった胸のふくらみに視線を這《は》わせた。「いまのところはじゅうぶん拝ませてもらえてないけど」

ケイトは胸元からはじまって全身に熱が広がっていくのを感じた。まるでシャツを脱がされて、じかに触れられたかのような気がした。彼のまなざしにこんなに生々しく原始的な反応をする自分に驚いた。あの不思議な金色の瞳に見つめられただけでこんなになってしまうなら、実際に触れられたらどうなるのだろう。街灯がまばらで、暗いのがありがたかった。火照った頰や乱れた息遣いに気づかれたくない。ケイトは急いで顔をそむけた。「いつ?」

ボウはいぶかしげに眉を上げた。「いつって?」

「ベッドをともにするのはいつ?」ケイトは単刀直入にたずねた。「それと、何回ぐらいで条件を満たすのかしら? お願い、ちゃんと知っておきたいの」

「まさか純情ぶるのがいいなんて思っているわけじゃないよな」ボウの声にはおもしろがると同時に困惑した響きがあった。「契約書を作って、きちんと条件を記そうか?」ふいに吹きだす。「相当卑猥《ひわい》な内容になるだろうな! まずぼくが求める全部の体位をリストアップして、それから――」

「わたしはただ、はっきりさせておきたいだけよ」ケイトはボウの言葉をさえぎった。頰が燃えるように熱い。「そんなに笑うほどおもしろいとは思わないけど」

その愛らしい少女のようなぎこちなさに、ボウは思わず守ってやりたいという感情をかきたてられた。「そうだな、大笑いするようなことじゃないよな」穏やかに言う。「よくふざけすぎだって叱られるよ。きみもそのうち慣れるさ。条件をはっきりさせる件については、きみを満足させるように努力するよ」悪党めいた輝きを目に宿している。「変な意味で言ったわけじゃないよ。でもまあ、そっちの意味でもきみを満足させると約束する。さて、きみの最初の質問は〝いつ〟だったよな」彼の笑みが薄れ、欲望に煙るような表情がふたたび現われた。「できるだけ早いほうがいい。できることならここでいますぐ奪ってしまいたいよ。きみが欲しくてたまらないんだ」ボウはケイトのびっくりしたような顔を見おろした。「ぼく自身も驚いているよ」うんざりしたように言う。「こんな性的衝動を感じたのは初めてかもしれない。しかも、当の女性からは命取りになるほどの代償を求められているっていうのに」やがて苦々しさは消えて、いまでは聞き慣れたからかい口調に戻った。「あとのほうに関しては心配はいらないよ。とくに変わった趣味はないし、きみが楽しめないようなことはしないつもりだ」ボウは人さし指でケイトの頬に触れた。「それから悪いが、きみと愛を交わす回数については決められない。長い関係になりそうな予感がするんでね。本格的なつきあいに発展するかもしれない。だからぼくが望むかぎり一緒にいることを要求する。以上だ。友だちのジェフリーの身の安全は、それだけの条件をのむに値するかい？　それとも考えなおしたい？」

指先でちょっと触れられただけなのに、ケイトの頬は燃えるように熱くなり、胸が早鐘を打つようにどきどきした。つとめて冷静な声で言う。「ジェフリーはそれだけの条件をのむに値するわ」心を乱すボウの手が届かないようケイトは距離を空けた。「わたしの気は変わらない。ただ、具体的に知りたかっただけ」

「じゃあ、もうわかったわけだ」ボウが緊張を解いてリラックスするのがケイトにはわかった。「まずはきみがぼくの度胸試しのために課したこのやっつけ仕事を片づけないと」顔をしかめて言う。「賢いやりかたじゃないと思うな。きみが関わっている魅力的な紳士たちにぼくが殺されてしまったら、きみは報酬をもらえないんだぞ」

「そんなこと言わないで」ケイトは恐怖に目を見開いて、ぴしゃりと言った。「あなたは大丈夫よ。本当に危険なら、無理に来させたりしないわ。あなたに頼んだのは、見張り役が必要だったからよ。あとのことはわたしが全部やるわ」震えながら深呼吸する。「心配しないで。わたしが守るから」

ケイトは本気だ。子どものように真剣な瞳を見て、ボウの笑いは引っこんだ。か弱き女性に守ってあげるなどと言われて、本来なら侮辱と受け取っただろう。しかしなぜか、そうは感じなかった。心動かされ、またもや説明のつかない優しい感情がこみあげてきた。「ありがとう」まじめに礼を言う。「きみはたしかにぼくを守れるだろう。でもたんなる傍観者ではいたくないんだ。ぼくなりに、ちょっとした楽しい工夫をさせてもらうよ」ケイトが反論しようと口を開くと、ボウは素早くさえぎった。「そろそろ空き倉庫に着くんじゃないか？」

「もうすぐそこよ。角を曲がって、建物を二、三軒すぎたところ。幸い、ほかの建物から離れた場所にあるの。だから火が燃え移る心配はないわ」

「マリバの市民は大いに感謝するだろうな」ボウはからかい口調で言った。「きみを称《たた》えて銅像を広場に飾るかもしれない」皮肉っぽくセクシーに唇を舌で湿らす。「きみが裸でポーズを取ってくれるなら、ぼくが注文して作らせてもいい」

「もう黙って」ケイトは笑いをかみ殺しながら言った。本当にどうしようもない人。「ふざけてるわけじゃないのよ、ボウ。冗談ならこんなところにいないわ」

「そうだな。きみは友だちのブレンダンを犠牲にしようとしたデスパルドに腹を立て、仕返しをしたがっている。しかし復讐《ふくしゅう》にしては危険すぎるんじゃないか？」

「復讐？」ケイトは首をふった。「復讐のためにこんな危険を冒すなんてばかげているわ」

「じゃあ、どうして？」

「麻薬が許せないから」ケイトは即座に答えた。「忌むべきものだわ。あれがどんな害を及ぼすかを見てきたから」うつろなまなざしでつづける。「麻薬はこの辺りや南アフリカでは安価なことは知っているでしょう。密売人たちは合衆国のように高値で売ることはできない。だから輸出するのよ」ケイトは身震いした。「輸出できない場合は、誰かれかまわず売りさばく。九歳の麻薬中毒者《ジャンキー》を見たことがある？　わたしはあるわ、もう二度と見たくない。もしも世界中のヘロインやコカインの隠し倉庫を燃やしてしまえるなら、そうするわ」

また持ち前の母性本能が顔をのぞかせたぞ、とボウは思った。最初はブレンダン、お次はこのぼく、そして今度は世界を守りたいだと！　またしても胸が痛いほどの優しい感情を覚えた。彼女はいったいぼくになにをしたんだ？　ボウは心をかき乱す正直な瞳から無理に目をそらした。「今夜がその手はじめになるじゃないか。世界巡業の第一歩だ。倉庫の様子はわかっているのかい？　それとも偵察が必要かな？」

「見張りはふたりだけで、どちらもなかにいるわ」ケイトは眉根を寄せて考えこんだ。「先週から持ち場を変えていなければだけど。この前、デスパルドがジェフリーを訪ねてきたときにあとをつけて、裏のほうを下見しておいたの。大きな窓がひとつあるけど、鍵がかかってる」

「裏口は？」

「あるけど、そこも鍵がかかっているわ」

ぴったりしたジーンズにぶかぶかのシャンブレー・シャツという格好のケイトを、ボウは頭からつま先までざっと見た。「四十五口径のピストルか、手榴弾《しゆりゆうだん》を腰にテープで巻きつけていたりしないだろうね？」やんわりとたずねる。「どうやって奇襲攻撃をかけるつもりだい？」

ケイトは居心地悪そうに身じろぎした。「なんとかするわよ」弁解がましく言う。「とっさに知恵が働くほうなの」

「ああ、知ってるよ」ボウは皮肉っぽく言った。「それに衝動的でもあるようだ。次からはぼくに下調べをさせてくれ、いいね？　前もって作戦を練っておくほうが、はるかにうまくいくものなんだ」

次ってどういうこと？「でもひとつ、準備しておいたことがあるわ」誇らしげにケイトは言った。「二日前にガソリン入りの缶を段ボールに入れて、裏のごみの山に隠して新聞紙をかぶせておいたの」

「そいつは上首尾だ。ごみ収集車が片づけていなければね」

ケイトは自信ありげに首をふった。「カステラーノではそれはありえないわ。マリバに清掃局はないから。自分のごみは自分で処理するの」

「どうりで裏通りがえらくかぐわしかったわけだ」ボウは考えこむように目を細めた。「見張りの男たちはきみのことを知っているのかい？」

「マリバの街で何度か見かけていると思うわ」ケイトは言った。「小さい街だし、この一週間ほど、デスパルドはジェフリーにコカインの密輸をさせようと熱心に説得していたから」

「つまりチャンスは一度きりってことか」ボウは言った。「こっちから裏へまわれるかい？」

二、三メートル先の狭い小路を指さしてたずね、ケイトがうなずくと、さらに言う。「さっききみが使っていたライターを貸してくれ」

なんだか命令口調だわ、とケイトはむっとした。人に指図されることには慣れていないし、あまりいい気分はしない。それでも彼の態度には人をしたがわせるだけの威厳があった。気づけばケイトはポケットのライターを探り、彼の手に渡していた。「なにに使うの?」

「これから考える。ぼくはとっさに知恵が働くほうでね」ボウはケイトの言葉を真似《まね》て冗談っぽく言った。「十五分の猶予をくれ。そうしたら正面口から行って、見張りの気をそらすんだ。その隙にぼくが裏口から潜りこむ」

「でも鍵がかかっているって――」

「それはぼくが考えることだ」ボウは狭い小路に向かいながら答えた。「きみは見張りの気をそらすことだけ考えてくれ」肩越しに声をひそめて言う。

「今夜はそれがわたしの役まわりみたいね」ケイトはため息をついた。「最初はデスパルドで、次はその愉快な子分たち」

ボウは足を止めてふり返り、ケイトをじっと見つめた。「きみがどんなふうにデスパルドの気をそらしていたか見ていたぞ」いらだちに声がかすれている。「あいつはきみの体を撫でまわしていた。きみはもうぼくのものだから、そういうやりかたは我慢ならない。セックスは絶対にだめだ、ケイト。べつの方法を考えろ。さもないと、ぼくはデスパルドより厄介な相手になるぞ」

言葉を返す間もなく、ボウは小路へ入っていき、ケイトは憤りと少々の恐れが入り混じった気持ちでその背中を見送った。その夜、最初にバーで見かけたときの印象が頭をよぎった。皮肉屋でふざけた態度の裏には、とても複雑な心が隠れていて、あのとき感じたように本当に危険な人なのかもしれない。ばかね、脅されたわけでもないのに。ケイトは自分を安心させた。借りを返したら、もう二度と会うことはないだろう。わたしたちは突飛な状況でたまたま出会った他人同士。ボウ・ラントリーは欲しいものを手に入れたら、さっさとわたしをお払い箱にするだろう。ほかの感情と同様に、独占欲も瞬《また》く間に消え失せるに違いない。愛の行為にしても……だめ、そのことは考えないようにしよう。それを思うとお腹《なか》の辺りにとろけるような感覚が広がり、腿のあいだがうずき、ケイトはひどくとまどった。そのときになったら向きあえばいい。いまはほかに考えるべきことがあるでしょう。

腕時計を見た。あと五分。ボウはいったいなにをするつもりなの？　まあ、じきにわかることだけど。なんにせよ、見張りを油断させてくれることを祈ろう。

ボウの作戦はケイトの想像をはるかに上まわる奇策だった。

ふたりのラテン系の見張り番は、真に迫った演技で泣くケイトをなかば困惑して見つめた。

こんな嘘泣きの才能があるとは夢にも思わなかった。「ラルフがどこにいるか、知ってるんでしょう」ケイトはヒステリックに泣きじゃくった。「アルバレスの店で、彼がここに来るって聞いたんだもの。必要なときはいつでも頼ってくるといいって、言ってくれたのよ。面倒を見てやるって」頰を涙で濡らして言いつのる。「ジェフリーがあたしをぶつの……」

突然、なにかが衝突して窓ガラスと木枠が砕け散る音が響き、大型のごみ容器が裏窓から投げこまれるのが見えた。ケイトの驚きの表情に演技はいらなかった。それにつづいてボウが、両手に火のついた即席のたいまつを持ち、頭から飛びこんできた。サーカスのアクロバットのように頭を丸め、ざらついた木の床の上でくるりと一回転する。なかほどで、たいまつを持ったまま、しなやかに立ちあがった。

すさまじい音にふり返ったふたりの見張りは、ボウの型破りな侵入にすっかり度肝を抜かれて釘《くぎ》づけになっていた。彼がすぐそばまで来て、ようやくはっとして行動に移った。

「なんだてめえ！」背の低いがっしりした男が飛びかかり、もうひとりの背の高いほうはジーンズの腰に差した拳銃に手をかけた。

ケイトはとっさに銃をつかんだ男の腕に全力でしがみついた。男がふりほどこうとする。喉の奥からしぼるようなうめき声がして、背後で誰かがどさっと倒れる音がした。ああ、どうしよう、ボウかしら？

「このあま！」ケイトにしがみつかれている男が歯をむいてうなった。空いているほうの拳が飛んできて、ケイトの額に目もくらむ痛みが走った。しがみつく力がゆるみ、男はケイトをたやすくふり放すと、銃の握りで殴りつけた。一瞬、痛みより衝撃を感じ、次の瞬間、部屋がまわりだして目の前が暗くなった。

「くそ野郎が！」ボウのあまりにも冷たい怒りの声に驚いて、ケイトはどうにか意識をとりとめた。ボウがすぐそばにいるということは、倒れたのはもうひとりの男だったのね、とぼんやりとした頭で思った。ボウの金色の瞳は憤怒に燃え、顔が怒りにこわばっている。彼は片手に持っているたいまつをさっとふって、銃を持った男の腕に火をつけた！

男は熱さと痛みに絶叫し、銃を落として綿のシャツの袖をばたばたと叩いた。すすり泣きとうめき声は、ボウが首の後ろにたたき込んだ手刀によってぴたりと止《や》み、男は倒れた。

「大丈夫か？」ボウはかすれた声で心配そうにたずねた。

ケイトは足元に崩れて気を失った男を見おろしていた。ボウが一瞬見せた激しい暴力性に呆然《ぼうぜん》としていた。男のシャツからはまだ煙が立ちのぼっている。ケイトはおずおずと言ってみた。「その火を消したほうがいいんじゃないかしら？」

「いっそ丸焼きにすべきだったな」ボウは残酷に言った。「怪我《けが》をしたのか？」

「いいえ」ケイトは唇を湿らせ、嘘をついた。本当のことを言ったらいまのボウは殺人までも犯しかねない。「ちょっとゆさぶられただけ。すぐ平気になるわ」弱々しく笑ってみせる。「でもそのくすぶっているシャツを見ていると気が気じゃないの。お願いだからちゃんと消して」

ボウは肩をすくめた。「なんでこんなやつの心配をするんだか」彼はかがんで、まだ燃えている小さな火を無造作に叩いて消した。「このくず野郎は、きみの心配する子どもたちに麻薬を売りつけている張本人かもしれないんだぜ」

「そうかもね」ケイトは床にのびているがっしりした短軀《たんく》の男を見つめた。「空手が得意なのね」もうひとりの倒れている見張りのかたわらに、まだ火のついたたいまつが転がっている。「そっちの人にも火傷《やけど》させたの?」

「たいしたことはないさ。飛びかかってきたときに、たいまつを投げつけてやったら、胸に当たって跳ね返った」虎を思わせる荒々しい笑みを浮かべて、ボウは言った。「それでバランスを崩したんで、殴る隙ができた。不思議だな、みんな火を恐がる。昔火傷した痛い経験が記憶に染みついているのかな」

「そうでしょうね」ケイトは慎重に体を起こした。急に頭を動かしさえしなければそれほど痛みはない。「そのたいまつを武器にしたのは名案だったわね」つとめて明るく笑ってみせた。「あの窓からのものすごいダイビング、サーカスのアクロバットみたいだったわ」

「『真紅の盗賊』のバート・ランカスターを狙ったつもりなんだけどね」ボウは冗談めかして応じた。ケイトがほっとしたことに、さっきの荒々しさはすっかりなりをひそめている。

「『真紅の盗賊』？」

「昔流行《はや》った冒険映画さ。観てないのかい？」

首をふったとたん、目の前が暗くなり、ケイトは後悔した。「ええ、観てないわ」ぼうっとしながら答える。「本で読んだことはあるけど。ジェフリーはそれでじゅうぶん流行にはついていけるって」

「あの人気の映画を観たことがないって……」ボウは暗い顔で言葉を切り、口を結んだ。

「きみの大事なジェフリーは、もっときみにものごとを判断させるべきだ」

「そうかしら？」ケイトはうわの空で答えた。「あの隅に積んであるビニール袋の山がコカインよ。わたしはあれに穴を開けるから、あなたはその男たちを外へ引きずりだして、ガソリンの缶を持ってきてくれない？」

「仰せのとおりに。ここに置いといて火葬にするほうがいいとぼくは思うけど」ボウは床にたいまつを置くと、尻のポケットから清潔なハンカチを取りだした。「向こうを向いて」

「えっ？」

「向こうを向くんだ」ボウはケイトがしたがうのを待たずに後ろにまわり、ハンカチで彼女の鼻と口を覆ってしっかりと結んだ。「コカインを燃やしたら、有害な煙が出て命に関わるかもしれないだろう？」

「そうなの？」

「知らないけど、用心するに越したことはない。ぼくのマスクは見張りのやつから調達するとしよう」ボウはずんぐりむっくりの男のそばに膝をつき、ポケットを探った。「ああ、これは使えそうだ」取りだしたナイフの突起を押すと、妖しげに光る刃が飛びだした。ボウは柄のほうを向けてケイトに手渡した。「はじめてくれ。ぼくは大急ぎでガソリンを持ってくる」

また指図して！　でもいまはいちいち逆らっている場合ではない。ケイトは黙ってナイフを受け取り、彼に背を向けた。慎重に倉庫内を歩いていくと、見張りの男たちが正面口のほうへ引きずられていく音が聞こえた。ケイトはビニール袋の山のそばに膝をつくと、かたっぱしから素早く穴を開けていった。手が震えてきたが、袋は何百もある。次から次へ穴を開けていく時間は永遠にも思えた。どうしてもっと大きな袋につめてくれないのかしら？　一袋一キロ入りとして十五ドルぐらいなら、六百万ドルになるには相当な量があるはず。

「準備完了？」鼻と口をハンカチで覆ったボウが、ガソリンの缶を持ってそばに立っていた。

ケイトは最後のふたつに穴を開け、ナイフを袋の山に置くと、そろそろと立ちあがった。

「完了よ」

「外へ出るんだ」ボウはケイトの向きを変えさせ、出口のほうへ押しやった。「ぼくもすぐに行く」そう言うなり、コカインの山にガソリンをまきはじめた。

無意識に出口へ向かって歩きはじめたケイトは、はっとして立ちどまった。わたしったら、なにをしているの？　これはわたしの役目で、ボウ・ラントリーは無関係じゃないの。ケイトが引き返すと、ボウがガソリンの缶を捨て、たいまつを拾い上げてコカインの山の上に放り投げるところだった。すさまじい火炎が巻き上がる。ボウは身をひるがえして出口へ猛突進し、途中でケイトを抱きかかえるようにして走った。「外へ出ろと言ったろう」怒りもあらわに言う。「どうして言うとおりにしないんだ？」

「わたしが考えたことなのに、あなたひとりにさせるわけにはいかないわ」

「なるほどね」出口から数メートルのところで立ちどまり、ケイトと自分のハンカチをはずしながら、ボウは本心をうかがうようにケイトを見つめた。「責任感が強いんだね、ケイト」

ボウがあまりにも真剣なまなざしで見つめてくるので、ケイトは居心地が悪くなった。「倉庫が火事になる前にここから逃げないと。じきにデスパルドのほかの手下たちが駆けつけるはずよ」

ボウは目をそらした。「そうだな」ケイトの腕を支えて倉庫から引き離す。「行こう」

暖かく湿った空気は、濡れた布を顔に押しあてられたように感じられた。外の風に当たればかすむ頭もすっきりすると思ったが、よけいに虚脱感がつのるばかりだった。「あなたの船はなんていう名前だったかしら？」

「〈サーチャー号〉だ」ボウはふたたび鋭く目を細めてケイトを見た。「ここから波止場までそんなに遠くないだろう？」

「ええ、わりとすぐよ」ケイトはぼうっとしながら答えた。「〝サーチャー〟だなんて、船の名前にしては変わってるわね。たいてい女性の名前をつけるものなのに。どうしてかはわからないけど」ちゃんとまともな会話ができているわ、とケイトは内心で誇らしかった。「古代ギリシアの船乗りがアテナ女神を称えて名前をつけたのが伝統のはじまりだそうよ」

「きみのウーマンリブ精神を刺激しないといいが」ボウはふざけて言った。「ユニセックスな名前だから」

「ウーマンリブ？　なあに、それ？」

ボウは笑いかけて、ふと真顔になった。ケイトは冗談を言っているのではない。本当に知らないのだ。「あとで説明するよ」それから陽に焼けて引き締まった顔にいたずらっぽい笑みを浮かべた。「やっぱり教えないでおこうかな」

「すごいわ、なんて大きいの」ケイトは港に停泊しているマストが三本の大型帆船を見て、驚きに目を丸くした。「前に一度、セントトマス島で大型客船を見たことがあるけど、あれと同じぐらい大きいわ」

「ぼくは快適なのが好みなんでね」ボウはこともなげに言った。「ときどき客も招待するし」

「あなたはものすごくお金持ちなのね」ケイトはまじめな顔で言った。「とても美しい船だわ、ボウ」

「ああ、腐るほど金を持ってる」ボウはわざと下品な言葉で答えた。「バーで約束したとおり、きみにはたっぷりと報酬をはずむつもりだから、心配はいらないよ」

「心配なんかしてないわ」ケイトは目をそらし、彼の言葉にひどく傷ついたことを悟られまいとした。「じゅうぶん親切にしてもらったし、ジェフリーをカステラーノから逃がしてくれたら、もうなにも頼んだりしないから」

踏み板を渡るとき、優しく守るように肘を支えてくれるボウの手が心地よかった。倉庫から船へ戻ってくるあいだもずっと気遣ってくれていた。ふたりともほとんど無言だったが、縁石やでこぼこした道にさしかかると、手で支えてくれた。皮肉屋で、荒々しい一面もありながら、本能的に優しい気遣いを示す。彼はそういう複雑な人なのだ。

「あとで気が変わるかもしれないぞ」ボウは皮肉っぽく言った。「ぼくはかまわないけど。

欲しいものに金を払うことには慣れているから。まずは前払いだ」甲板をゆったりと歩いてくる男性を手で示して、ボウは言った。「実際に逃亡を手伝うのはダニエルだが。ダニエルはきわめて有能な人物なんだ。そうだよな、ダニエル？」

「いかにも」大柄の男性は親しげにうなずいた。「おれはあらゆる逃亡手段を知りつくしているし、カリブ海のすべての港の一番近い救急病院も心得ている。猛烈に怒った父親や兄弟や、役人どもを丸めこむ才覚は言うに及ばず。おれがいなかったらいったいどうする、ボウ？」

「ダニエルはひまな時間に〈サーチャー号〉の船長もしているんだ」ボウはにやりと笑って言った。「たまにそれを言うのを忘れるけどな。彼はダニエル・シーファート、こちらはケイト・ギルバートだ。ケイトはしばらくのあいだわれわれと過ごすことになった」

ダニエル・シーファートは大きな手で驚くほど優しくケイトの手を握った。三十代なかばぐらいで、ジュリオと同じぐらい大柄で浅黒い肌をしている。しかし似ているのはそこまでだ。ハンサムだが不良じみているジュリオに比べ、すっきりとカットされた赤銅色の髪と、きらめく濃いブルーの瞳、それによく整えられた赤いひげが、男盛りの魅力を醸《かも》しだしている。

「先客よりきみのほうがずっといい」ダニエルはいたずらっぽく目を輝かせて言った。「乗っているのは野郎ばかりだからな」

「ジュリオとジェフリーは無事に着いたのね？」ケイトはほっとしてきいた。

ダニエルはうなずいた。「一時間半ほど前だ。乗組員と同じ船室にいる」眉を上げて問いかけるようにボウを見る。「それでよかったか？」

「当面はな」ボウは肩をすくめた。「すぐに出航できるか？」

「仰せのとおりに」ひげ面に白い歯をきらめかせ、ダニエルは皮肉っぽい笑みで答えた。

「どうしてご命令に逆らったりできましょう？」

ボウは鼻で笑った。「気が向きゃ、なんでもしたいようにするくせに」視線を下に向けると、船長がまだケイトの手を握っていることに気づいた。「彼女の手を放す気はあるのか、それともずっとそうして握っているつもりか？」

「それもいい考えだ」ダニエルはしぶしぶとケイトの手を放した。「しかしどうやらおまえが先約を取りつけているようだな」

「そうだ」ボウはにべもなくきっぱりと答えた。

「じゃあ、おれが用意しておいた客室は必要ないわけか」ダニエルは冗談めかして言った。

「もったいない」

「ジュリオとジェフリーに会って、わたしは無事だって教えてあげなきゃ」ケイトは心配そうに唇をかんで言った。「ジュリオは気が休まらないと思うわ」

ボウは首をふった。「今夜はだめだ。明日の朝会えばいい」船長のほうを向く。「彼女をぼくの船室へ連れていく。ロドリゲスに彼女の無事を伝えてもらえるか？」

ダニエルはうなずいた。「ただちに。立ち入ったことをきくようだが、なにから無事だったんだ？」

「あとで話す」ボウはケイトの肘に手を添えて促した。「見逃したことを悔しがるぞ」

「かもしれないな」船長は皮肉めかして言った。「おまえがいつも悪さをするときの仲間は、ミス・ギルバートみたいにチャーミングじゃないからな」ボウがドアを開けて下へ降りようとするのを見て、ダニエルはたずねた。「なにか忘れてやしないか？」

ボウはいらだたしげにふり返った。「なにをだ？」

「船をどこへ向ければいい？　トリニダードか？」

ボウは肩をすくめた。「とにかく大至急、カステラーノの領海を出てくれ。行き先は明日の朝決める」

3

マスター・キャビンは驚くほど広く、船室とは思えないほど贅沢《ぜいたく》な作りだった。壁際の寝台は特大サイズで、明るいメロン色のデニム地のカバーが、深みのあるオーク材の壁板や茶色と白のツイード織りのカーペットと好対照をなしている。壁のはめ込み式の本棚には扉がついていて、すかし細工のギリシア雷文《らいもん》模様が現代的な部屋に地中海風の豊かな雰囲気を添えていた。

「とっても素敵ね」ケイトは言いながら、本棚に目を吸い寄せられた。「あなたが、快適なのが好みと言った意味がわかる気がする」素晴らしい蔵書の数々。扉越しに革表紙の分厚い学術書や光沢のあるカバーの小説などがずらりと並んでいるのが見える。これだけの本が読めるなら、一週間でもここにいたいわ。

その瞬間、じゅうぶん一週間はここにいるだろうことに気づいてはっとした。その目的のためにこの船室へ来たのだ。あの寝台で、心の底で密《ひそ》かに尊敬するようになったボウ・ラントリーに身をさしだすために。今夜。彼は可能なかぎり早い契約の遂行を望んでおり、こうして彼の船室へ来た。見ず知らずの男性と肉体関係を結ぶというのに、なぜそれほど神経質にならないのだろう。いま感じるのは骨まで染みこむような疲労感とだるさのみだ。

「気に入ってもらえてうれしいよ」ボウは明るく言い、ケイトの肘に手を添えて寝台へ導いた。「これからしばらくはここで過ごしてもらうんだからね。座って」誘いかけるというより命令に近い口調で言いながら、ケイトの肩をそっと押した。ケイトは言われるままに寝台の端に腰をおろし、力なく彼を見あげた。彼の両手がシャンブレー・シャツのボタンにかかり、気づくと三つ目まではずされていた。いますぐするの？　彼は契約を果たしてもらうのをもう一刻も待ちきれないらしい。

ケイトはかがみこんでこちらを見つめるボウの真剣な顔を見あげた。巧みな手つきで服を脱がせる彼をじゃまする気はなかった。いつでも好きなときにわたしを抱く権利を彼は持っているのだもの、と疲れた頭で考える。ただ、その前に少しだけ休ませてもらえたらよかったのだけど。「する前に、できればシャワーを浴びさせてもらえないかしら？」ケイトは静かに言った。「今夜はいろいろと大変だったから」

ボウがぱっと視線を上げてケイトを見た。瞳の奥に驚きの色がうかがえた。「〝する〟だって？」かろうじて怒りを抑えた声で言う。「いままできみが寝てきたのは、いったいどういう男たちなんだ？　そんなに疲れきって怪我もしていて、いまにも気を失いそうなきみに、すぐさま飛びかかるような連中なのか？」

ケイトは困惑して半分開かれたシャツを見おろした。「でも、じゃあどうして――」

「体をきれいにして、寝させるつもりだった」ボウは厳しい声で言った。「〝する〟ためじゃないよ、まったく！　まずきみの頭を見ておこう。きみはなんでもないと言っていたが、あの人でなしにかなりひどく殴られただろう。倉庫で確かめたかったが、きみは素直に見せてくれなかっただろうから、争うより船まで歩いて戻らせたほうがいいと思った」

「わたしはなんともないわ。言ったでしょう……」

ボウは青いシャツのボタンをはずし終えると、肩から脱がせ、シンプルな白いブラジャーのホックを慣れた手つきではずした。「ごまかしても無駄だ。ぼくは長いあいだプロの選手だったから体調ぐらい見ればすぐわかる。いまにも崩れそうな体を引きずるようにして歩いてきたくせに」

「スポーツ選手なの？」ケイトは驚いてたずねた。「どうりで窓からのダイビングが見事に決まったわけね」

「がっかりさせてすまないが、サーカスのアクロバットではないよ」ボウは皮肉っぽく言った。「アイス・ショーのスケーターをしばらくやって、その後六年ほどオリンピック選手のコーチをしていた」

「いまはなにをしているの？」

「いまこの瞬間は、女主人のお世話をするメイドと船医の組みあわせってとこかな」ボウはブラジャーのストラップをおろしながら軽い口調で答えた。「でもふだんは華麗なる放蕩者《ほうとうもの》さ。受け継いだ不浄な金の恩恵だな」

「よくわかったわ」

「本当に？」ボウは顔を上げ、目を細めてケイトを見た。「ろくでもないプレイボーイだと非難するとか、放埓《ほうらつ》なふるまいを改めさせようとかは思わないのかい？」

「わたしにそんな権利はないもの」ケイトはまじめな顔で言った。「それにあなたはそれほど放埓には見えないわ」

「たしかにきみの仲間とは比べものにならないな」ボウは苦い顔で認めた。ブラジャーを取り去り、はっとして鋭く息をのんだ。「リアンは間違っていた。きみはやせっぽちなんかじゃない」片方の胸にためらいがちにそっと触れる。「豊かで美しい、完璧な丸みだ」瞳の色が暗く煙ったはしばみ色に変化する。「それにこのシルクのような感触」ボウは指先で濃いピンクの乳輪をなぞった。「極上のシルクだ。まいったな、これほど見事な肌はお目にかかったことがないよ。幼い子どもの肌みたいに温かくて柔らかくてすべすべしている。初めてバーできみを見かけたとき、こんな感触だろうかって想像していた」

「もうわかったでしょう」ケイトは震える声で言った。彼の指先のゆったりとした愛撫《あいぶ》が焼けつくように感じられ、ふと疲労感や頭痛を忘れていたことに気づいた。ケイトは唇を湿らせた。「気が変わった?」

「いいや」低くかすれた声でボウは答えた。「心はいまも変わらないが、体のほうは変化しているみたいだ。きみは全身こんなふうに陽焼けしているのかい?」

ケイトはうなずいた。「太陽が大好きなの。セスナを隠してあるジャングルに小さな泉があって、よくそこで日光浴するのよ」

ボウは指先でつんととがったピンクの蕾《つぼみ》に触れた。「全裸で?」かすれた声でたずねる。

「ええ」ケイトはやっとのことで声を発した。「まわりに誰もいないから」喉が渇いて息苦しく、そっとかすめるような愛撫のせいで激しく高鳴る鼓動が、彼に聞こえてしまうのではないかと思った。自分の体がこんなに感じやすく、かすかな愛撫にも熱い戦慄《せんりつ》が全身に走るということを初めて知った。うつむいて確かめなくても、胸が張り、乳首が硬くなっているのが感じられる。ボウの瞳が欲望にかげるのを見ればよくわかる。不思議だわ、お互いのすべての反応がつながっているみたい。

「今度きみが日光浴するところを見物させてもらおう」ボウは指の愛撫と同じベルベットの

ように柔らかな声でささやいた。「太陽の光が黄金の雨のようにきみに降り注ぎ、愛撫できみの全身を光り輝かせるのを眺めていたい」人さし指と親指で胸の先端を優しくつままれ、ケイトは疼《うず》くような欲求を腹部に覚えた。「それからきみのそばへ近づいて、ぼくのために輝かせたい。きみがぼくを迎えて、花開き、身を震わせるのを感じたい」ボウのこめかみの荒々しい脈動をケイトは感じた。「ぼくがすることすべてがきみを輝かせ、とろかし、あふれさせるのを確かめたい」ボウは震える息を深く吸いこみ、頭の霞《かすみ》を晴らすかのようにかぶりをふった。「頭がどうかしてしまったみたいだ。一瞬きみが横たわってぼくを迎える姿が本当に見えた」両手をおろしてあとずさる。「おいで、シャワーを浴びよう。うっかりするといますぐきみを奪いそうになってしまう」ボウはケイトを立たせた。「残りの服を脱いで。なにかきみが着られそうなものを探すよ」備え付けのクローゼットのところへ行き、引き戸を開ける。「きみの服を洗濯するから、明日はぼくの短パンとTシャツで我慢してもらうよ。着の身着のままで逃亡するようなことは、よくあるのかい?」

「いいえ、今回が初めてよ」ケイトは運動靴を脱ぎ、クローゼットのなかを探るボウの背中を見つめながら、ジーンズをおろした。「実際はそれほど移動してばかりでもないのよ。ジェフリーは事業を立ちあげて、クライアントが訪ねてくるようにしたの。カステラーノに来てもう四年になるわ」

「きみの話を聞いているとジェフリーが弁護士みたいに聞こえるよ」ボウはからかうような口調で言った。「カステラーノについてぼくが聞いているかぎりでは、きみの友人の職業には理想的な土地だな」極上のフランス製レースで縁取りされたアイスブルーのサテン地のネグリジェを取りだした。「たしかこれを見かけた覚えがあったんだ」ネグリジェをしげしげと見ながら言う。「バーバラがバルバドスでおりたとき、忘れていったんだな。青はきみの瞳によく似合うと思うよ。ほかの女性のものを着るのはいやかい？」

バーバラ？　いったい何人の愛人がこの船室に滞在したのだろう？　その女性たちのことを考えるとこんなにも胸が痛いのはなぜなのかしら？「いいえ、かまわないわ」ケイトは静かに答えた。「そんなささいなことで不満を言うなんて恩知らずだもの」

「きみが理性的でよかったよ。そういう女性はごくわずか……」ボウは肩越しにふり返り、言葉を失った。ケイトは一糸まとわぬ姿になり、澄んだゆるぎない正直なまなざしで彼を見つめていた。媚《こ》びる様子はまるでなく、静かに受け入れているその姿に、ボウは深く心をゆさぶられた。目の下にくまがうき、うなだれた肩に疲労がにじんでいるが、それでもけなげにしっかりと立っている。ぼくも年を取ったのかな、とボウは皮肉めいた思いにとらわれた。これほど愛らしい全裸の女性を見るのは初めてで、そのひたむきで勇敢な姿に胸を打たれた。なんと可憐《かれん》なのだろう。乳房は美しい丸みを描き、ほっそりとしなやかな腰からヒップ、そして健康的で形のいい長い脚へとつづいている。彼女の全身は力強く優美でありながら、きゃしゃな骨格のせいでとても繊細で壊れやすい印象を与える。強さともろさ。その相反する体つきの特徴は人柄にも表われていて、ボウにはとても刺激的で危うい組みあわせに思えた。手に持っているネグリジェを見やると、ふいに猛烈な嫌悪感が湧いてきたが、詳しく突きとめる気にはなれなかった。衝動的にネグリジェをクローゼットに戻し、自分の白いバスローブをハンガーからはずした。

「こっちのほうが着心地がいいだろう」ぶっきらぼうに言うと、クローゼットのドアを閉めて、バスローブを寝台に放った。「おいで」ボウは浴室のドアを開け、茶色とベージュのタイルに囲まれた空間に入った。磨《す》りガラスで隔てられたシャワーの栓をひねり、心地いい温度の湯を流し、慇懃《いんぎん》にケイトを招き入れる。「どうぞ、マドモワゼル。ぼくも服を脱いだらご一緒いたします」シャワー室の磨りガラスのドアが静かに閉められた。

ケイトはふいに頰が火照り、シャワーの湯気のせいにできてありがたかった。謎めいた表情で長いあいだまじまじと見つめられていただけでも怖《お》じ気《け》づきそうなのに、彼も裸になってこの狭いシャワー室に入ってくるなんて。ひとり入るだけでもやっとなのに。ケイトは深呼吸をして、顔を上げた。どんな違いがあるっていうの？　いまだろうとあとだろうと、どんなふうに親密に触れようと、それはボウ・ラントリーの自由なのだから。その事実をきちんと受けとめなくては。

「少し前へつめてくれるかい、ケイト」磨りガラスのドアが開いて、ケイトがとっさによけると、ボウが入ってきてドアを閉めた。ボウが身を乗りだして石けんを取るとき、温かな胸がケイトの背中に触れた。「このひどい臭いを洗い流したら、きみの世話をしてあげるよ。ごみの山に入って、ごみ箱を放り投げたり、ガソリンをまいたりしたおかげで、なんともいい匂いになったものだ」ボウが背後で石けんを体に塗りながら、ときおり触れてくるのを意識しつつも、ケイトはタイルの壁をじっと見つめていた。「気分はどうだい？　めまいや吐き気はない？」

「ないわ、大丈夫って言ったでしょう」ケイトは早口に言った。心臓が胸から飛びだしそうなほどどきどきしていることと、彼の体がちょっとかすめただけで、敏感になった肌が焼けつくようにぴりぴりすること以外は。「怪我はないわ」

「そんなことは関係ない」ボウはケイトの腰に両手を添えてそっと横へ移動させ、シャワーの下に立って泡を洗い流した。「あいつを火葬にしてやればよかった」

「本当にやりかねなかったわね」ケイトは浅い息遣いで言った。ちょっと腰に触れただけで彼はすぐに手を離したのに、まだ感触が残っている。「あのときは、見張りの男たちよりあなたのほうが恐ろしかった」

「恐ろしい？」ボウの視線を感じながら、ケイトはじっと前を見つめていた。「きみが怖がるなんて意外だな。ひとりで押し入ってやつらをやっつけるつもりだったくせに」

「だからって、怖くないわけじゃないわ」ケイトは正直に言った。「でもやらなければならなかった。勇敢でなくても、務めを果たさなきゃならないときはある。だから心を無にして、とにかくやってしまうの」

「そうなのかい？」ボウの口調にはどこか優しさが感じられた。「それじゃあ、ぼくの思い違いだったわけだ。〝赤い武功章〟はもらえないな」

「素晴らしい小説（米国作家スティーブン・クレインの同名小説のこと）よね？」ケイトは表情を輝かせ、興奮して言った。「二年ぐらい前にマラカイボ（ベネズエラ北西部の港市）の古本屋で英語版を見つけたの。スペイン語かポルトガル語の翻訳しか手に入らなくて、本来の英語で読めたら素敵だろうなってずっと思っていたわ」

「それはそうだろうさ」ボウはからかうように言った。「何カ国語ぐらい読めるんだい？」

「スペイン語とポルトガル語」ケイトは答えた。「フランス語は多少話せるけど、読み書きはできないわ」

「それは残念だ」ボウは穏やかに言った。「こっちを向いて、頭のぐあいを見せてくれ」ケイトの肩に手を置く。「じゃあ、きみはスティーブン・クレインのファンなんだ。ほかに好きな作家はいるかい？」

「みんな好きよ」ケイトは素直にボウのほうを向きながら、うっとりと微笑んで言った。「シェイクスピア、サミュエル・クレメンズ（作家マーク・トウェインの本名）、ウォルター・スコット」ボウがケイトの顔に貼りついた濡れた髪をそっとかき分ける。「とくにシェイクスピアが好き。彼の文章って音楽みたいだもの」

「いまの世界に反感でもあるのかい？」ボウはつとめてさりげない表情で、頭のこぶをそっと探った。

「違うわ、外国では古典作品のほうが手に入りやすいだけ」

「ひどい怪我ではなさそうだ」ボウは安堵《あんど》して言った。「頭痛はするかい？」両手で首筋から肩にかけての筋肉を優しく揉《も》みほぐしながらたずねる。

「いいえ」ケイトはそれが本当であることに気づいて驚いた。ずきずきする痛みはすっかり消えて、心地よい湯のしぶきと魔法の指が全身の筋肉を温めたバターのようにとろかしていく。ケイトは無意識に彼の胸に頭を預けていた。「もう感じないわ」

「よかった」ケイトは彼の唇が額をかすめるのを感じた。「シェイクスピアのどの作品が一番好き？」

「『ロミオとジュリエット』。知的な作品だと見なされてないのは知っているけど、読むたびに心に訴えるものがあるの。それにあの文章……」ケイトは無意識にボウの腰に手をまわしていた。「美しくきらめく陽の光のよう」

「黄金の雨？」親指でケイトのうなじのこりを巧みな正確さで探りあてながら、ボウはたずねた。

「そうね」頬に当たる湿った胸毛と石けんの香りと彼が漂わせる男性的なムスクの匂いを意識しながら、ケイトはうなずいた。「いままでそんなふうに考えたことはなかったけど、とても素敵な表現だわ。黄金の言葉の雨ね」ボウにすり寄る。「気に入った――」腹部にまぎれもない興奮のあかしが押しつけられるのを感じて、言葉を切った。

ボウは忍び笑いした。「しかたがないだろ。きみの可愛い乳首が当たるし、ここに入ったときからその可愛いお尻を触りたくてしかたがないんだから。ぼくは鉄でできているわけじゃないんだぞ」

ケイトは身を引こうとした。「ご、ごめんなさい」まごついて言葉につかえながら言う。

「そんなつもりじゃ――」

「黙って」ボウは静かに言い、ケイトのうなじをしっかりとつかまえて自分の目を見させた。「ぼくは鉄の男ではないし、少年でもない。きみが欲しいのはもちろんだが、床に押し倒してレイプするような真似は断じてしない。ちゃんと欲望を抑えられる」いたずらっぽい視線で自分の分身を見おろし、ふいに楽しげに目を輝かせる。「きみのほうから襲ってこないかぎりはね！」

ケイトは口元をほころばせた。まったくふざけた人ね。「自制するように努力するわ」

生まれたままの姿でこの信じがたいほど魅力的な男性の前に立ち、ジョークを交わしているなんて、本当に驚いてしまう。それにもまして驚きなのは、最初はものすごく恥ずかしかったけれど、いまはごく自然に彼の前でリラックスできることだった。じつに変わった人だ。優しさと荒々しさ、茶目っ気と皮肉、旺盛な性欲と母性的とも言える気遣いが混在している。それでもずっと前から知っていたかのように、彼といるとくつろげた。

「きみを信じるよ」ボウはさりげない口調で言い、シャワーの栓を止めた。「べつの方面でも驚異的な意志の力を見せてくれたからね。でもやっぱり、きみをここから出して誘惑を遠ざけたほうがよさそうだ」ケイトの肩を抱いてシャワー室の外へ出ると、タオルで優しく包んで背を向けた。「ぼくも体を拭くから、部屋へ行っていてくれ。化粧台の一番上の引きだしにドライヤーが入っている。コンセントは寝台の脇の壁にある」タオルに包まれたケイトのヒップをぽんと叩いた。「バスローブをすぐに着るんだぞ。湿気を追い払うためにエアコンを強めにしてあるから」

「そうするわ」ケイトは浴室のドアを開けながら、とまどい気味に言った。独占欲と保護本能がにじむ彼の言葉や態度にはいつもふいを突かれ、不思議と胸が温かくなる。自分はいつも世話をし、守る側だった。長年そうしてきただけに、世話をされる側になるのは妙な感じだった。そして……ちょっといい気分。

ケイトが白いバスローブにくるまって寝台に腰かけ、ドライヤーで髪を乾かしていると、ボウが浴室から出てきた。タオルを腰に無造作に巻いているほかは全裸だ。髪はまだ濡れているが、櫛《くし》でとかしつけられていて、ちょっぴり粋な感じだ。服を脱いだ彼は自分で言うようにスポーツ選手の体をしていた。細身の筋肉質の胴には脂肪はまったくなく、脚も腕も縄のような筋肉で引き締まり、均整の取れた優美な体つきだ。彼がスケートをしたらとても美しいに違いない、とケイトはうっとり想像した。その頃の彼を見てみたかった。

「どうしてスケートをやめてしまったの？」ケイトは衝動的にたずねた。

「卒業したんだ」ボウはケイトの前に歩いてきながら答えた。ケイトの髪がまだ濡れているかどうか試すように手で触れ、巻き毛を引っぱり、くるりともとに戻るのをおもしろそうにもてあそぶ。「しばらくは楽しかったけど、ぼくはなにごとも長続きしないので有名でね。興味がなくなったものをいつまでつづけていても意味がない」

ケイトは胸の奥に説明のつかない痛みを覚えた。そう、ボウ・ラントリーは永遠とか恒久的とかいうものには興味がないのだ。出会って間もないとはいえ、薄々わかっていた。美しくセクシーな口元に浮かぶ不敵な笑みや、しじゅう変化する目の表情がそれを物語っていた。「きみの髪が好きだ」ボウは言った。「柔らかくてシルクみたいでふわふわしている。きみは全身シルクだね、肌も髪も……」いきなり手を離し、背を向ける。「もうじゅうぶん乾いている。さあ、ベッドに入って。明かりを消すから」

ケイトはドライヤーのスイッチを切り、ボウがさしだした手に渡した。「わたしにどっち側に寝てほしい？　左、それとも右？」ていねいにたずねた。

ボウは口元をひくつかせて答えた。「下がいい。いや、やっぱり上かな」ケイトが困惑した顔をすると、金色の瞳をきらめかせた。「気にしないでくれ。ちょっと思っただけだから。壁際に寝てくれるかい？　そうするときみをとらわれの身にしたように錯覚できる」

「わたしはじゅうぶんとらわれの身よ」ケイトはカバーをめくってベッドに入りながらつぶやいた。「あなたの錯覚じゃないわ」

ボウの笑みが薄れた。「そのとおりだった」歩いていって、ドライヤーを無造作に化粧台の上に置いた。「うっかり忘れていたよ」彼が壁のスイッチに触れると、室内は暗闇に沈んだ。

ボウの大きな影が寝台に近づいてきて、腰からタオルを取り去った。彼が横に入ってくるとマットレスがたわみ、ケイトは気持ちを落ち着かせようと深呼吸をした。

「こっちへおいで、ケイト」ボウが身を乗りだしてきて、ごく自然なしぐさで腕のなかに包みこむ。「きみを抱きしめていたい」彼の手が優しくケイトの背中を撫でる。「板みたいに硬くなっているね、ベイビー」彼女の巻き毛に顔をうずめながらささやく彼の南部訛りは黒いベルベットのように柔らかな響きだった。「抱きしめるだけだ。リラックスして、少しだけ可愛がらせてくれ」ボウはからかうようにケイトの巻き毛を唇にくわえて引っぱった。「きみのこの髪が大好きだよ。つい子どもみたいに触って遊びたくなる。長くのばしたらどんなふうになるのかな?」

「とんでもないことになるわ」ケイトは小声で言った。厚いバスローブの生地越しに彼の裸身が放つ熱が伝わってくる。「柔らかすぎて、ちょっと風に吹かれただけでからまっちゃうの。短くしているのはそのためよ」

「ふうん」ボウがケイトの髪に頬をすり寄せるしぐさは、セクシーでありながら少年のようでもあった。「ぼくは長くのばしてほしいな。野性的なジプシーの娘みたいになると思う」ボウは言った。「このままでもじゅうぶん魅力的だけどね」

「そう思ってもらえてよかったわ」ケイトはそっけなく答えた。「のばすつもりはこれっぽっちもないから」

「いいと思うのにな」ボウはあいまいに返事をしながら、ケイトの背中を包むバスローブを不満そうにつまんだ。「ずいぶんざらざらした生地だな。きみをじかに感じたいのに」ため息をついて、ケイトを腕のなかに引き寄せると、肩のくぼみに頭を預けさせた。「疲れているだろう？　きみを殴った野郎と同類になりたくはないから、自制心を働かせないと。おやすみ、ケイト」

「でもあなたが――」

「したいかって？」ボウはさえぎるように言った。「もちろん、したいに決まっているさ。だがぼくのなかの南部男の騎士道精神がいちいちじゃまするんだ」不機嫌そうに言う。「最悪のタイミングを見はからったようにね」

「でも取り引きで――」

「ケイト、可愛いケイト、口を閉じて」ボウはケイトの短い巻き毛を手ですきながら言った。「きみがそのシルクのようにすべすべした体をさしだすつもりでいることはわかっているさ。だからますます厄介なんだ」

「わかったわ」ケイトは小声で答えた。今夜の出来事とさまざまな感情の嵐のせいですっかり消耗し、ボウの腕枕でいまにも気を失いそうだった。疲労と眠気で不明瞭につぶやいた。

「あなたがそれでいいなら」

「そうでなきゃいけないんだ」

引きこまれそうな眠りの霞のなかから、ふと断片的な記憶が浮かんできた。「ジョージ叔父さんって誰？」

「なんだって？」

「ジョージ叔父さん」ケイトはつぶやいた。「デスパルドを見ているとジョージ叔父さんを思いだすって言っていたでしょう」

「ああ、べつに誰でもないよ。強欲《ごうよく》な親戚のひとりさ。デスパルドと出くわすまで、何年も思いだしたことさえなかった」長い沈黙があり、ケイトがなかば眠りに落ちようとした頃、ボウが忍び笑いをして言った。「やれやれ、ダニエルにいまのこの姿を見せたいよ」

「ダニエル？」ケイトは眠そうにつぶやいた。

「絶対信じないだろうな」ボウの声には憤懣《ふんまん》と同時に、おもしろがるような響きがあった。

「全裸の女性とシャワーを浴びながら、シェイクスピアやサミュエル・クレメンズについて語り、その同じ女性とベッドに清らかに横たわっているなんて。きっと大笑いするぞ」

「そうなの？」ケイトは眠気をなんとか抑えて言った。「あなたたちは親友なんでしょう？」

「ともにいろいろくぐり抜けてきたからね。お互いに絆《きずな》を感じているよ」

「変わった風貌の人ね。いままで見たことのあるどんなカロン（ギリシア神話で、死者の魂を船に乗せて冥土の川を渡す渡し守）の絵とも違うわ」

「カロン？」

「渡し守よ」ケイトはボウの肩に頭を預けて言った。「ステュクス川（三途の川）の」

「ああ、そのカロンか」ボウは笑いを押し殺し、柔らかな低い声で言った。「すぐにぴんと来なくてすまなかった。こんな状況のせいでカステラーノの領海が冥土の川に思えるのはよくわかるが、ダニエルは神話の登場人物にたとえられても喜ばないと思うな」ケイトのつやつやした髪を指に巻きつけながら言う。「たしか残忍な白髪の老人だったろう？」

「でもひげがある点は同じでしょ」ケイトはもう目も開けていられなかった。

「きみはよっぽど神話が好きらしいな。学校で専攻したのかい？」

ケイトは首をふった。「学校へは行ったことがないわ」眠そうに答える。「百科事典で読んだの」

ボウはつとめてさりげない口調で言った。「学校へ行ったことがないって？」

「少なくとも七歳からはね。あちこち旅してまわっていたから」ケイトはボウにいろいろたずねるのをやめてもらいたかった。もう眠りたいのに。「ジェフリーは、学校へ行かなくたって問題ないって言っていたわ。八歳のとき、百科事典をひとそろい買ってくれて、一日十五ページずつ、最後まで読むようにと言われたの。つまらない学校なんかへ行くよりずっといいって」

「へえ、そうなのか」愉快そうな響きはすっかり消えて、険悪とも言える口調でボウは言った。「きみの大好きなジェフリーは、なにがきみのためになるかについて、きわめて変わった考えを持っているようだな」ケイトが月並みな女性でないのもあたりまえだ。「きみはなんでもジェフリーに言われたとおりにするのかい?」

しかしケイトはすでにボウの腕のなかですっかり安心して丸くなり、寝息をたてはじめていた。

百科事典ひとそろいだと！　教えてやる者もなく、たったひとりで神話や古典やあらゆる事物について読んでいたのか。そして知識欲旺盛な少女は、それでは飽き足らなくなり、さらなる知識を求めるようになったのだろう。するとべつの考えがボウの頭に浮かんだ。ウーマンリブ。ケイトはその思想について知らなかった。

ボウは思わずケイトを揺り起こしていた。「ケイト、その百科事典の出版年はわかるか?」

「ええ?」ケイトは眠そうにきき返した。

「百科事典が出版された年だ」ボウは問いつめた。

「ああ」ぼそぼそと答える。「一九六〇年よ」そしてすぐにまた眠りはじめた。

ボウはのろのろと枕に頭をのせると、暗闇をじっと見つめた。「なんてことだ！」

ジェフリー・ブレンダンは甲板の手すりにもたれて立っていた。もじゃもじゃの白髪交じりの髪が朝風にかき乱されている。乗組員に借りたらしいだぶだぶのジーンズとグレーのスウェットシャツを着ているせいで、やせた体が昨晩にもましてひょろりとして見える。しかし近づいてくるボウを見る目は鋭く、警戒していた。

「おや、親切な船主さんのおでましだな」愛想のよい温かな笑みを浮かべて、ジェフリーは手をさしだした。「えらい世話になったと、ジュリオから聞いたよ」顔をしかめて言う。「あいにくおれはまったく覚えがなくて。昨晩は相当酔っぱらっていたらしい」

「ああ、相当な」ボウはそっけなく認めた。誰もいない甲板を見まわす。「ロドリゲスは?」

「船長や乗組員たちと朝食を食べている」ジェフリーは情けなさそうに口元をゆがめた。

「おれは、今朝はコーヒーを見るのも耐えられない」うらやましそうに高くそびえるマストを見あげる。「美しい船だな、ミスター・ラントリー。おれも昔から帆船が欲しかったよ」

「どうして買わない?」ボウはさりげなくたずねた。「ケイトの話だと、飛行機よりもはるかにあんたのイメージに合っているようだが。彼女はあんたのことを、現代のサー・フランシス・ドレイク（イギリスの海賊。のちに海軍提督）のように言っていたぞ」

「おれはしがない密輸人だ」ジェフリーはあっさりと認めた。「ケイトはいつもロマンティックなたわごとでおれを正当化しようとするが、自分が何者かぐらいはわかっているさ」悲しげな笑みを浮かべて言う。「近頃はそれを無視できなくなってきた。デスパルドのおかげで現実を突きつけられたよ」

「ケイトのおかげもあるだろう」ボウはわざと言った。「彼女をあんたの違法な商売に巻きこんでもかまわないと思っているのか？」

「ケイトを巻きこんだりしてはいないよ」ジェフリーは言いわけがましく言った。「あの子はいつも関わらせないようにしてきた」

「警察当局は納得しないだろうな。ケイトは共犯とみなされる」ボウは口元を引き締めた。

「それにあんたはどうしても彼女を巻き添えにせずにはいられないらしい。昨夜がそのいい例じゃないか」

ジェフリーは親ばかめいた誇らしさと情けなさの入り混じった笑みを浮かべた。「ごもっともだ。あの子はこうと決めたらてこでも動かない頑固な小猿だからな。いつも後先考えずに騒動のなかに飛びこんじまう」思い出に耽《ふけ》るような目をして言う。「まだ子どもの頃から、小さな母親みたいだった。おれにいつもこう言うんだ。〝心配しないで、ジェフリー、なんとかなるわよ。わたしにまかせて〟って」ジェフリーは向きを変えて、手すりに肘を預けた。

「それで、わかるかい？　たいていの場合、あの子はその言葉どおりにしちまうんだ」

「長いつきあいなんだな」ボウは言った。「彼女はあんたのことを友だちだと言っていた。

どういういきさつで出会ったんだ？」

「あの子の母親は、リオデジャネイロのナイトクラブで踊り子をやっていた」ジェフリーは肩をすくめた。「一年ほど同棲《どうせい》していた。そうこうするうち、サリーはもっと青い芝生へ移りたくなった。ある日、おれがサンティアゴに出かけているあいだに、荷造りして出ていっちまったんだ」一瞬、口をつぐむ。「ケイトを置いてな」

「素晴らしい話だ」ボウは歯ぎしりしてつぶやいた。昨晩、ろくでなし野郎がケイトをピストルで殴ったときに感じたのと同じ、荒々しい感情がこみあげてくる。「うっかり忘れていったわけか。履き古しのぼろ靴みたいに」

「サリーはそんなに悪い女じゃないんだ」ジェフリーは静かに言った。「ただ母親になるタイプじゃなかったのさ。七歳の子とどう向きあえばいいのかわからずにいた」しかめ面で言う。「おれもだ」

「それでほったらかしにしたわけか」ボウは苦い口調で言った。「南半球じゅうの酒場やら犯罪の巣窟《そうくつ》やらに連れまわして」

「見知らぬ国にひとりぼっちで置いてくるほうがよかったって言うのか？」ジェフリーは問い返した。「少なくともおれはあの子に屋根を与えてきた」ボウの目をじっと見返す。「父親ぶる気はさらさらないが、できるだけのことはしてきたつもりだ。おれたちはうまくやってきた」

「よく言うな、学校へも行かせてやらなかったくせに！」

「いろいろと理由があるんだ」ジェフリーは気まずそうに目をそらした。「ケイトはものすごく頭がいい。そこらの大学出の金持ちの若者どもより、はるかにいろんなことを知っている」

「それはたしかだが、一九六〇年以前にかぎっての話だろう」ボウは吐き捨てるように言った。「いまの時代の出来事についてはどうなんだ？　宇宙開発やベトナム戦争、ウーマンリブやケネディの暗殺は？」

「ケイトは自分でちゃんと必要な情報は拾っているさ」ジェフリーは弁解がましく言った。

「残りはべつに知らなくてもいいことだ」

「それでじゅうぶんだって、あんたは彼女に言ったのか」ボウは信じがたい気持ちでせせら笑った。「そのようだな。もっと悪いのは、彼女があんたの言葉を真に受けていたことだ」

「おれはせいいっぱいのことをしてきた」年配の男はかたくなに繰り返した。「だいいち、あんたになんの関係がある？　たしかに世話にはなったが、ケイトの保護者になってくれと頼んだ覚えはねえぜ」

「彼女には保護してくれる者が明らかに必要だ」ボウはそっけなく言った。「ケイトがどこにいるかもたずねなかったが、どうでもいいと思っているからなのか？」

ジェフリーは黙りこんだ。「気にかけているさ」目を細めてボウをにらむ。「ケイトはどこにいる？」

「ぼくが出てくるときは丸くなって寝ていたよ」ボウはわざとらしく間をあけた。「ぼくのベッドで」

つかのま、傷ついたような表情を見せたものの、ジェフリーはすぐに平然とした顔になった。「そうか」

「言うことはそれだけか？」ボウは燃えるような怒りを抑えるのがやっとだった。「眉ひとつ動かさないほど、日常茶飯事ってわけか。知りたいと思わないのか、ぼくが彼女を楽しんだかどうか？」

「ああ、知りたいとは思わんね」ジェフリーは重々しい口調で言うと、背を向けて海を見つめた。「それはあんたらふたりのあいだのことだ。おれには関係ねえ」

「おかしいな、きわめてあんたに関係のあることなんだが。ケイトは、あんたが自分の不始末ではまりこんだどつぼから三人を救いだしてもらうことを条件に、ぼくに身を売ったんだぞ。どうやら、彼女が一方的に献身しているだけらしいな」

ジェフリーは水平線を見つめたまま、返事をしなかった。

ボウは深く息をついた。「なんでこんなに熱くなっているか、自分でもわからないよ。彼女の友だちと称する人間が売春してもかまわないと言っているのに、ぼくが気にする必要があるのか？」しかし事実、気にしているのであり、そのことでボウはいっそう腹が立った。

ジェフリーのまなざしは氷のように冷ややかだった。「ケイトは売春婦じゃない。勝手に決めつける前に、自分はどうなんだ。あの子の優しさにつけこんで、チャンスがあればまた同じことをする気だろう。ジュリオが乗組員から聞いた話だと、女遊びにかけてはおよそ聖人君子とは呼べないそうじゃないか」

「ぼくは禁欲主義者じゃないからな」ボウは目に怒りをくすぶらせて言った。「だがぽん引きでもない」

「おれだって違う」ジェフリーは苦しげに吐き捨てた。「しらふだったら、絶対にそんなことはさせなかった」

「だがぼくの船室に駆けつけて、好色男の手から彼女を奪い返そうとまでは思わなかったんだろう」ボウは皮肉たっぷりに言った。「うまいぐあいに助かって、万々歳なんだろうな」

「万々歳なもんか」ジェフリーはみずからにうんざりしたように重たい口調で言った。「今回はさすがに目が覚めたよ。すんだことはしかたがない。ここにいたいかどうかはケイトが決めることだ。もし不本意なら、なんとかして彼女を救いだす」

「いったん取り引きした以上、彼女は逃げだしたりはしない」ボウは冷笑を浮かべて言った。「ぼくでさえそれをわかっているんだから、あんたが知らないはずはないだろう」

「ああ、わかっているさ」ジェフリーはボウの目を見て言った。「おそらく長い目で見たらそのほうがいいんだろう」

「あんたにとっては、ということか？」

ジェフリーは首をふった。「彼女にとってだ」悲しげに微笑む。「あんたは親切にも、おれがいかに保護者失格であるかを教えてくれた。そろそろ役目を交替してもらう潮時かもしれん」

「まったく呆《あき》れた男だな」ボウはあっけにとられて言った。「見ず知らずのぼくに、ケイトを託《たく》すつもりなのか？　楽しむだけ楽しんで、次の港でさっさと捨ててしまうかもしれないんだぞ？」

「そうかもな」ジェフリーは言った。「だがおれと顔を合わせた瞬間から、ケイトを不当に扱ってきたことで、さんざん責めつづけているあんたが、同じことを彼女にするとは思えない」肩をすくめて言う。「それにいずれ飽きたとしても、あんたは気前よく手切れ金をはずむだろう。ジュリオの話では、相当な金持ちらしいからな。ケイトがひとり立ちしてやっていける資金ぐらいは、面倒を見てくれるはずだ」

「大枚はたいて愛人を身請けする昔の貴族のように思いたいらしいな」ボウは呆れてかぶりをふりつつ言った。「ケイトの言ったとおりだ。あんたは十八世紀の生き残りだよ」

「そっちのほうこそ」ジェフリーは抜け目なさそうに目を細めた。「ずいぶんと古くさいタイプのようじゃないか、ミスター・ラントリー。帆船でカリブ海をさすらい、昨夜のアルバレスの店の一件のような厄介ごとに首を突っこむような男は、そうざらにはいねえよ」

「そんなことであてにしないでもらいたいな」

「おれはとうの昔に、なにもあてにしないことを学んだよ」ジェフリーは言った。「だが望みをかけずにいることはやはり難しい」にわかに老けこんだように見えた。「とりわけケイトのことではな。あの子はまわりの人間にさんざん尽くしてきた。このひでえ世の中のどこかに正義があるって信じたいんだ」ジェフリーは手すりをきつくつかんだ。「だがおれといるかぎり、あの子がそれを手にすることはありえねえ。昨晩は危うく殺されるところだった。デスパルドは手かげんはしねえ。急所をひと突きだ」

　ボウは怒りを保とうとした。この魅力ある老いた無頼漢に情けをかけたりするものか。

「べつに初めてのことじゃないんだろう。どうしていきなり良心の呵責《かしゃく》を覚えるようになったんだ？」

「自分をあざむくには年を取りすぎたんだろうな」ジェフリーは言った。「年月っていうやつは、人の幻想をだんだんとすり減らしていくもんだ」苦笑しながら言う。「勇ましい海賊もけちな小悪党に変えちまうのさ。どのみち、ばかげた夢を追うのはもうやめにしようと思っていたんだ」沈んだ顔つきでジェフリーはつづけた。「足を洗って出直すよ」

ボウは不信そうに目を細めて相手の男を見た。「足を洗う?」

ジェフリーはうなずいた。「サンタ・イザベラにコーヒー農園を持っている未亡人がいる。ここからそう遠くない島だ。この五年ほど、つかず離れずの関係がつづいている」情けなさそうな笑みを浮かべた。「彼女は海賊だの密輸人だのといったことにはまったく理解がない。えらく現実的な女なんだ、マリアンナは」ジェフリーは表情を和らげてつづけた。「だがものすごく情が深い。サンタ・イザベラでおろしてもらって、おれと連れそってくれる気があるかどうか、彼女にきいてみようと思う」

「仲間のジュリオはどうするんだ?」

ジェフリーは首をふった。「あいつはケイトのそばを離れねえよ。おれに対しては辛抱してつきあっているだけだが、ケイトはあいつにとって世界の中心なんだ。四年前にエルサルバドルでゲリラ軍から救いだされて以来ずっとな」

「ゲリラ軍?」ボウはたずねた。「ジュリオはいま十八だとケイトは言っていたが。四年前と言ったら、まだ十四じゃないか?」

ジェフリーはうなずいた。「ゲリラ軍は村を襲って戦えそうな男をかき集めて兵士にするんだ」苦い顔で口を結ぶ。「なかには十二にもならない子どももいる。ひでえもんさ。ジュリオはその頃からでかくて丈夫そうな体をしていたから、兵士にするにはもってこいだったわけだ。村で三カ月ほど雑用や買い物や食事の支度なんかを手伝ってもらっているうちに、ケイトはジュリオがすっかり気に入ってしまった。村が襲われ、あいつの身になにが起きたかを知ったときは、気も狂わんばかりに激怒していたよ」

「それで彼女は追いかけていったのか」たずねるまでもないことだった。ケイトなら間違いなくそういう衝動的な行動を取っただろう。

「おれもだ」ジェフリーは言った。「おかげで危うく頭の皮をはがれるところだったよ。マシンガンの猛攻撃を命からがら逃れたが。ケイトは地元の官憲につかまってもどうせ同じ目に遭うからって、エルサルバドルにはそれ以上とどまらせてくれなかった」ジェフリーは首をふった。「もったいないことをしたもんさ。せっかく大きなヤマを抱えていたのによ」

「それは残念だったな」ボウは皮肉たっぷりに言った。「革命で混乱している国々は、あんたの稼業には好都合なんだろうな」

「まあな」ジェフリーはうなずいた。「混乱に乗じて……」ふいに口をつぐみ、すっと身を起こした。「さてと、シーファート船長を探して、サンタ・イザベラへ寄ってくれるよう頼むとするか。さっきカステラーノの領海を出たところだと言っていたから、二、三時間もあれば着くだろう」眉を上げて問いかける。「もちろん、あんたのゆるしがあればだが」

ボウはそっけなくうなずいた。「あんたをどこでも好きな場所へ連れていくと約束した。それも取り引きのうちだからな」

ジェフリーは顔を赤らめた。「ああ、そうか、取り引きか。少なくとも、約束は守る男のようだな」ジェフリーは歩きかけてふと足を止め、自由に荒々しく風にはためく美しい帆を憧れのまなざしで見あげた。捨てたと言っていたはずの野望にあふれた表情が、一瞬だけ垣《かい》間《ま》見えた。「ジョン・ハンコック（米国の政治家。独立宣言に最初に署名した）は密輸人だったっていう話、知ってるか、ミスター・ラントリー？」

4

ケイトは熱い涙を必死にこらえた。粋がって肩をそびやかしながらボートをおり、桟橋を歩き去っていくジェフリーの後ろ姿は、ひどく孤独に見えた。ケイトはジェフリーが波止場の角を曲がってすっかり見えなくなるまで見送ってから、〈サーチャー号〉の手すり沿いに並んで立っているボウのほうを向いた。「彼はきっと苦しむと思うわ」悲しみにかすれた声で言う。「自分では腰を落ち着けられると思っているんでしょうけど、あとでつらくなるはずよ」

「ここへ来るまでのあいだ、ずいぶん長いこと話をしていたね」ボウは言った。「まさか足を洗うのを思いとどまらせようとしていたわけじゃないよな？」

「もちろん違うわ」ケイトは顔をしかめて言った。「マリアンナは素晴らしい女性よ、ジェフリーの面倒を完璧に見てくれると思う。何年も前にこうするべきだったのよ」

「じゃあ、なにが心配なんだい？」

「ジェフリーはずっと一匹狼だったの」ケイトは不安そうに唇をかみしめた。「マリアンナに養ってもらうのはプライドがゆるさないだろうと思う」ケイトは決心したようにきっぱりと顔を上げた。「わたしがなんとかしてあげるわ」

「なぜ急にいやな予感がするんだろうな」ボウは用心深く言った。「どうするつもりなのか、きいてもいいかい?」

「幸せになれる保証もなしにジェフリーを行かせるわけにはいかないわ」どうしたらボウを説得できるだろう? ジェフリーに会ったら、もっと同情してくれると思っていたのに。たいていの人は、しょうがないやつだと呆れながらもジェフリーを好いてくれる。でもボウはジェフリーに対してなぜか妙に冷たくて、腹を立てているふうだった。「ジェフリーはとても自尊心の高い人なの」

「だから?」

「一年ぐらい前に、小さな島々を行き来するチャーター便サービスをはじめようかと話していたことがあったわ。実現はしなかったけど、ジェフリーにできることがあるとすればまさにそれよ。彼はすごく腕のいいパイロットで、どんな荒れた地形の狭い場所でも着陸することができるの」

「どうしてそんな技を磨けたのか、よくわかる気がするよ」ボウは皮肉っぽい笑みを浮かべた。「つまり、なにが言いたいんだい？」

「サンタ・イザベラは、チャーター便サービスの会社を興すには最適の場所よ。裕福な農園主がたくさんいるし、おしゃれなホテルやリゾート施設も島の反対側にできたし」ケイトは早口でまくしたてた。「ただひとつ問題があって、セスナ機をカステラーノに置いてこざるを得なかったから、それを取りに戻らなきゃいけないの」

「なんだと！」

ああ、どうしよう。どんどん険悪な顔つきになっていくわ。「チャーター便サービスをはじめるには、どうしても飛行機が必要よ。だからカステラーノからマリアンナの農園まで、届けてあげたいの」ケイトはボウの顔を見ないようにしながら、ひと息にしゃべった。「たいして時間はかからないわ。あなたはわたしをおろして、サンタ・イザベラへ引き返して。わたしは飛行機を届けたらすぐ桟橋へ駆けつけるから、迎えのボートをよこしてくれればいいわ」

「なるほど」ボウは穏やかなそぶりで言った。「入念に考えてあるんだな。つまりきみも、ジェフリーみたいに飛行機を操縦できて、どんな狭い場所でも着陸できるわけか」

「ええ、得意よ」ケイトは認めた。「もちろん、ジェフリーほど上手じゃないけど、十四のときから操縦しているわ。この二年ぐらいはもっぱらジュリオが操縦しているけど、経験が浅いのにびっくりするほど上手なの」熱心に説明する。「ジェフリーは絶対に仕事を手伝わせようとはしないけど、ときどきセスナを移動させなきゃならないときがあるから」

「昨夜のようにしょっちゅう酔いつぶれているなら、それも当然だな」ボウは苦々しげに言った。

「昔はあんなに飲むことはなかったのよ」ケイトは反論した。「ごく最近――」

「きみの友人がどんなに酒飲みだろうが、ぼくには関係のないことだ」ボウは必死に自制心を働かせようとしながら言った。「あるいはジュリオがどんなに腕のいいパイロットだろうとね。ぼくが心配しているのは、カステラーノへ戻るというきみのいかれた頭のほうさ」

「いかれてなんかいないわ、そうしなきゃならないのよ」ケイトは強情に言い張った。「ジェフリーにはあの飛行機が必要なのに、わたしの落ち度で置いてきてしまった。最初からセスナで脱出することを考えついていればよかった」ため息をつく。「あなたの言うとおりよ。わたしは思いつきで行動してしまうの。ちゃんと前もって計画しておくべきだったわ」

「この件は衝動的じゃないと？」ボウは目に怒りをたぎらせて声を荒らげた。「まったく、きみはデスパルドをバーボンの瓶で殴った上に、何百万ドル分ものドラッグを燃やしてしまったんだぞ。やつはカステラーノ政府と手を組んでいると言っていたが、もしそうなら運よくデスパルドには見つからなくても、官憲につかまるのは必至だ。それなのによくもそんな冷静な顔で、忘れ物を取りに戻るなんて言えるな。正気の沙汰じゃないよ！」

「心配しないで、今回はあなたを巻きこむつもりはないから」ケイトはなだめるように言った。「あなたはただ、わたしをカステラーノでおろして、サンタ・イザベラで拾ってくれればいいのよ」真剣なまなざしでボウを見つめる。「契約はちゃんと守るわ。ただどうしてもこっちを先にしなきゃならないの」

「わかっているさ、きみは約束を破るぐらいなら喉をかき切るだろう」ボウは歯ぎしりして言った。「それと、ぼくを守ろうなんて心配は不要だ。ジェフリーや世界のあれこれについて気を揉むのは勝手だが、ぼくをそこに含めないでくれ。自分の面倒は自分で見られる」深く息をついてつづける。「それにきみの面倒も見られる。誰もその役をこなせそうにないから、ぼくに白羽の矢が立ったんだ。マリバへ連れ戻すなんてとんでもない。自殺行為だぞ」

「それほど危険なことじゃないわ」ケイトは必死に反論した。「マリバの港へ入る必要はないの。飛行機は島の反対側に隠してあるから。そっち側はほとんど無人よ。ジャングルで、海辺に漁村がいくつかあるだけだから。セスナは森のなかにカモフラージュして隠してあるの」ケイトは顔をしかめてみせた。「カステラーノのような島国では、そうやって隠しておくのが一番なのよ。麻薬密売のメイン・ルートに位置しているから、飛行機やヨットはすぐにハイジャックされてしまうの。ガソリンを満タンにしていつでも飛び立てるようにしてあって、海岸でおりたら一時間で空の上よ。絶対に安全だわ」

「そんなに安全なら、どうしてジュリオをおろして、飛行機を届けさせないんだ?」ボウは巧みに問い返した。「彼がどんなに腕のいいパイロットか、教えてくれたばかりじゃないか」

しまった、そこを突いてくるのを恐れていたのだ。「ごくわずかな可能性として、デスパルドは島全体にセスナの捜索命令を出しているかもしれないわ」ケイトはしぶしぶ認めた。

「もうあなたのことも、突きとめているはずよ。マリバに停泊するアメリカ人は多くはないの。ふたつをつなぎあわせて、わたしたちが船でカステラーノを出たと判断したでしょう。ということは、セスナという絶好の商売品が無防備に残されていることになる」ケイトは一瞬、言葉を切った。「彼に見つけることができればね」

「だからジュリオを危険にさらさずに、自分の首を進んでさしだそうってわけか」ボウの声はいらだちにかすれていた。「きみは自殺願望でもあるのか?」

「これはジュリオの責任じゃないもの」ケイトは強情に言った。「責任はわたしにあるわ。ジェフリーはわたしの友だちで、彼はわたしの助けを必要としている」ひるむことなくボウを見つめ返す。「ジェフリーはわたしが必要としているときに助けてくれた。だから恩があるの」

激しい怒りは失せたものの、ボウはまだ憤懣やるかたない表情だった。「恩か」あからさまな言葉で毒づく。「どうしてこんなときに恩を持ちだすんだ、まったく」ボウは甲板の向こうで手すりにもたれて乗組員と話している船長のほうを向いた。「ダニエル」大声で呼ぶ。「いまいましいボートを回収したら、カステラーノへ引き返してくれ！」

ダニエルは濃い青の瞳にみじんも驚きを浮かべずに上体を起こすと、ふたりのほうを向いた。「またか？」ぶっきらぼうに言う。「今度は海図なしでも行けそうだ」

「面白いジョークだな」ボウはケイトのほうに向き直った。「きみのセスナは計器飛行できるんだろうな？　カステラーノに着くのは日暮れどきだろうから、ぼくたちは一時間以内で飛び立たなきゃならない」

「ぼくたち？　でもわたしは——」

「ぼくたちだ」ボウは危険な光を目に宿して強調した。「ぼくがきみなら、反論はしないね。いまこの瞬間は、ひかえめに言っても猛烈に腹が立っているんだ。くそ食らえと叫んで、トリニダードへ向かうようにダニエルに頼んでしまいたいよ」

「セスナは計器飛行できるわ」ケイトはぼんやりと答えながら、不思議そうにボウのいらだった顔を見つめた。「どうしてダニエルにそう言わないの？」

「きみにもっとも痛いところを突かれたからさ」ボウは無愛想に答えた。「受けた恩は必ず返す主義なんだ、くそっ」顔をそむけて言う。「だからまたしてもボランティアを申しでようとしているわけさ。このむしゃくしゃを静めるには、ハードな運動でもしたほうがよさそうだ」ボウは船長のほうへ向かって大股で歩いていった。「ときどき、まだ飲んだくれだったらよかったのにと思うことがあるよ！」

「あと十分もしたら、きみが教えてくれた入り江が見えてくるだろう」ダニエル・シーファートがケイトのそばに来て、ゆったりとした深みのある声で告げた。「いまのところ、カステラーノの沿岸警備隊の姿は見えないな。うまく逃げおおせるかもしれない」

船倉の出入り口に腰かけていたケイトは、ダニエルを見あげた。カーキ色の半ズボンにゴム底のテニスシューズを履き、ブロンズ色の逞《たくま》しい胸をむきだしにしている姿は、大柄な赤毛の海賊といった風情だ。「ちっとも心配しているようには見えないわ」ケイトは興味深そうにたずねた。「警察や政府から逃げることに慣れているから？」

ダニエルはいたずらっぽく目をきらめかせてケイトを見おろした。「そういうたぐいの方面では、まずまずの経験があるとでも言っておこうか。昔から金持ちの道楽船の船長だったわけじゃない」

「そうだろうと思ったわ」ケイトはゆっくりと言った。気さくで屈託のない態度の裏に、彼はとてつもない力強さを秘めている。「どうしていまは、船長をしているの？」

ダニエルは肩をすくめてケイトのかたわらに腰をおろすと、たくましく引き締まった脚を組んだ。左の腿にぎざぎざの長い傷跡があり、荒くれ男の印象を強めている。ケイトがその傷跡に目を走らせるのに気づいて、ダニエルはそれを指でなぞった。「ひどいもんだろう?」顔をしかめて言う。「しょうがないさ。裁縫なんて生まれて初めてだったから」

「自分で縫ったの?」ケイトは驚いて目を丸くした。

「ほかに誰もいなかったからな。砂漠のまんなかで狭苦しい小屋に閉じこめられていたんだ。傷を縫わないと、クランシーが助けだしてくれる前に、敗血症になっていただろう。見張りのやつらを説得して針と糸をもらうのはひと苦労だったよ」ダニエルは硬い表情で言った。

「おれの予感は的中した。あの熱くて狭苦しい小屋に、六カ月以上も監禁されていたんだ」

ケイトはすっかり魅了されてダニエルを見つめた。ダニエル・シーファートは相当に波乱の人生経験の持ち主のようだ。「そんなひどい目に遭ったなんて。どこの砂漠? そのお友達のクランシーという人は、最終的に助けだしてくれたの?」

「セディカーンだ」ダニエルはそっけなく答えた。「クランシー・ドナヒューは友人ではなくて、おれの上官だ。セディカーン首長国の保安部隊を統率している」白い歯をきらめかせて、虎を思わせる笑みを浮かべる。「ああ、救いだしてくれたよ。敵を全滅させて、おれを監禁していた革命軍のやつらも始末した。恐ろしいほどきれいさっぱりとな。クランシーは非常に危険な男だが、自分の部下は徹底して守る主義なんだ」

「現在形で話しているけど」ケイトは言った。「いまの雇用主はボウでしょう?」

ダニエルはふいを突かれてまばたきした。「そうなるな。そんなふうには考えたこともなかったが。むしろたまたま出会って、カリブ海を一緒にさすらっている、というほうが当たっているな」膝を曲げて、両腕でゆったりと抱えこむ。「いずれ心の準備ができたら、セディカーンに戻るつもりでいる。たぶんもうじきだ」

「いまの職業のほうがいいんじゃない?」ケイトはいぶかしげに言った。「あなたの上官のミスター・ドナヒューは、安全な職場を提供してくれそうにないもの」

ダニエルは喉の奥で笑った。「きみの言うとおりだが、ボウもその点では同じさ。もともと冒険好きな質《たち》でね。だから回復したいまも、焦ってセディカーンに戻ろうとは思わないのかもしれない。ボウはクランシーに負けず劣らず、いろんな騒ぎを提供してくれるから」

「具合がよくないの?」ケイトは傷跡を見て言った。「その脚のことだけど」

ダニエルは首をふった。「脚の傷は治っている。クランシーに助けだされたときには、新品同様に回復していたよ」ゆるく膝を抱えている彼の両手に力がこめられたのが、ケイトにはわかった。「やられたのは精神のほうだった。棺桶《かんおけ》よりちょっとましぐらいの狭苦しい小屋に半年も閉じこめられて、すっかり神経が参ってしまってね。とうてい職務をつづけられそうにないと判断したクランシーは、目の玉が飛びでるほどの大金をおれの口座に振りこんで、休暇を取るよう命じた。四方に壁のない広々したところへ行けとさ」ダニエルは目を細めて水平線を見つめた。「以前、ベン=ラーシド一族の所有する船の船長を務めていたことがあったから、壁のない広い場所がどこかはわかっていた」暖かい潮風を深々と吸いこむ。「おれにはそういう場所がどうしても必要だった」

「でもいまはとても元気そうだわ」ケイトは優しく言った。過去の戦闘体験をあからさまに語る彼を恐れるべきなのかもしれないが、なぜかそういう気持ちにはならなかった。このとても大柄な赤毛の男性には、人を安心させる強さと素朴な雰囲気がある。「あなたが自分で望まないかぎりは、セディカーンへ戻らなくてもいいんでしょう?」

「だが戻りたいんだ」ダニエルはふいに肩の力を抜き、ケイトに皮肉っぽい笑みを向けた。「戻らないと損だろう? 冒険を楽しめる上に、クランシーの部隊の将校たちはみんな、驚くほど短期間で大金持ちになれるんだ。ボウと暮らしたおかげで、金がもたらす力ってやつに興味が湧いたよ」

「こんな素晴らしい船で海を旅していられるのに、どうして戻りたいなんて思えるのか理解できないわ」ケイトは言った。「海の暮らしはとてもシンプルでわかりやすいのに」

「そいつは甘いな」船長は皮肉めかして微笑んだ。「たしかに大海のまんなかじゃ、単純な価値観に立ち返って暮らせるが、港に寄れば物質文明が押し寄せてくる。多国籍複合企業体《コングロマリット》のラントリー・グループは、世界的な権力を有している。ボウが一歩陸地に踏みだすなり、おべっかや金の無心がはじまる。そのせいであいつは目立たないように気をつけているんだろう」

「目立たないようにですって？」ケイトはぽかんとして問い返した。「あの人が人目をしのぶ隠遁者《いんとんしゃ》だったなんて、ちっとも気づかなかったわ」燃えさかるたいまつを両手に持ったまま、倉庫の窓を破って飛びこんできた彼の姿がいまも目に焼きついている。「まるで反対に思えるけど」

ダニエルはにやりと笑った。「上流社会や政界人に対しては身を隠していると言うべきだったかな。たしかに、あいつは隠遁者とはほど遠い。それもそのはずさ。世界一有名な孤児のひとりだからな。あいつをめぐってありとあらゆる監護権争いの裁判が繰り広げられてきた。おむつが取れる頃から、あいつは自分がどれほど価値のある子どもかわかっていたんだ」皮肉っぽく微笑む。「あるいは自分の金が、と言うべきかな」

「ふつうは贅沢三昧でだめな人間になってしまうんじゃないかしら？」

「ボウは違う」ダニエルは笑みを消して言った。「そう思うなら、きみはあいつをまったく知らないんだ。ときどき身勝手にふるまうこともあるが、それは誰でも同じだ。やりたいことを楽しむにしても、あいつは必ず代償を支払う」ダニエルはまじめな顔になって言った。「金のことだけじゃない。巨万の富に恵まれて育つ人生が、必ずしも順風満帆とはかぎらないのさ。ボウがアルコール依存症だったって、知っているかい？」

「知らなかったわ！」ケイトはショックを受けた表情で言った。

「数年前に克服したが、そういう経験をすればもう青臭いガキじゃいられなくなる。軟派な遊び人のふりをしているが、中身は相当にタフなやつだよ」

「あなたたちが親しいわけがわかったわ」ケイトは青い瞳をいたずらっぽく輝かせた。「似た者同士だからなのね」

「まあ、たしかに似ている部分はあるな」ダニエルはにやりと笑って言った。「おれたちはふたりとも、宙ぶらりんの状態で、なにかを探し求めている」ふたたび水平線にじっと目をこらす。「おれが求めているものはわかっている。休息、平安、それに精神的安定もだな。だがボウは、自分がなにかを探してるってことさえ気づいていないんだ」

「探求者《サーチャー》ね」ケイトは考え深げに言った。「この船は〈サーチャー号〉という名前よね」

ダニエルはうなずいた。「おれがそう改名した。マイアミで出会ったとき、ボウはこの船を買ったばかりだった。それでおれは好きな名前をつけてくれって頼まれた。昔の愛人の名前じゃないかぎり、なんでもいいからってさ」いたずらっぽく目を輝かせる。「未練があるように勘違いされたら困るからだろうな。ボウがそういう女性たちときれいに別れるには、相当な金と時間を費やしたはずだから」

「そうでしょうね」あとで心変わりして望みの条件をつりあげるんだろうと、ボウから皮肉を言われたことをケイトは思いだして胸が痛んだ。いったい何人の貪欲な女性たちが、彼をあれほどまでに皮肉屋にさせてしまったのだろう？

ダニエルは肩をすくめた。「ともかくあいつがなんでもいいって言うから、〈サーチャー号〉って名前になった」考え深い表情になって言う。「ときどき思うんだ。ボウが無意識に探し求めているのは、心から大切に思えるなにかなんじゃないかってさ」

ケイトは微笑んでかぶりをふった。「彼が熱血漢であることはたしかね」鼻にしわを寄せる。「情緒もとても豊かだし。いまは荒々しいとさえ言えるほどの勢いで、その情熱をわたしに向けているような気がするわ」

「あいつがやけにかっかしているのは知っていたよ」ダニエルはからかい口調で言った。「じつはちょっと驚いている。ふだんのあいつなら、地元のギャング連中とのかくれんぼだって大いに楽しんだだろう。あいつにとっては熱帯の夜の楽しい余興だからな」

「でも」ケイトは沈んだ口調で言った。「彼はまったくおもしろがっていないみたいよ」

「ああ、そうだ」ダニエルはふいにケイトをまじまじと見つめた。「ボウは銛《もり》で突かれた鮫《さめ》みたいに怒りまくっている。それにおれが思うに、心配もしているようだ。ひどく珍しいことだ。先のことを心配するなんて時間の無駄以外のなにものでもない、というのがボウの持論だからな。じつに興味深いよ」

「あなたが楽しんでくれてよかったわ」ケイトはため息をついた。「わたしは、そんなにこの計画に不満なら、わたしひとりで行かせてくれたらいいのにって思うけど」

「きみならそうするだろうとも」ボウが苦々しげに言いながら、突然ふたりのそばに現われた。彼も上半身むきだしで、遅い午後の陽射しを受けてしなやかな筋肉が黄金色の光沢を放っている。「そんな危ない真似ばかりしていると、いずれ痛い目に遭うぞ。昨晩アルバレスの店でしたような大立ちまわりをつづけていたら、きみの運が尽きるのも時間の問題だ。今度デスパルドにつかまったら、やつはきみを殺すだろう」ボウは苦い顔で口を引き結んだ。

「たっぷりと集団レイプを楽しんだあとでな」

「くだらないスリルを味わいたくてこんなことをするんじゃないわ」ケイトはかっとなって言い返した。「どうしてもしなきゃならないから――」

「ぼくがわかっているのは、いまいましい飛行機のためにきみが殺される危険を冒してあの島国に戻ろうとしていることだ」ボウはしばしばみ色の瞳を金色にぎらつかせて、辛辣な口調でケイトの言葉をさえぎった。「欲しいならセスナぐらい買ってやる。ジェット機だって買ってやるさ。特別手当だと思えばいい」

胸がえぐられたように痛み、ケイトはこみあげる涙をボウに見られないように顔をそむけた。「そういうものはいらないと言ったはずよ」かすれた声で言った。「わたしはただジェフリーに飛行機を返してあげたいだけ」

ボウはきわめて口汚い言葉を吐き、ダニエルは驚いたように低く口笛を鳴らした。

「それじゃあ、ぜひとも上陸して、大事なジェフリーの財産を取ってこよう」ボウは乱暴な口調で言うと、ダニエルのほうを向いた。「ケイトとだらだらしゃべっていて気づいていないようだが、そろそろ海岸に近づいているから、ボートをおろしたほうがいいんじゃないのか。手間でなければだが」

「お安いご用だ」船長は陽気に返事をして、悠々と立ちあがった。「いつでも仰せのとおりにいたしますよ、ボウ」

ボウはせせら笑った。「おまえの気の向いたときだけだろう」

「もちろんそうさ」ダニエルはいたずらっぽく目を輝かせて言った。「今回はラッキーだったな」そう言うと、ダニエルはきわめて大柄なわりに驚くほど優美な物腰で歩いていった。

ところがすぐに立ちどまり、水平線に目をこらした。今度の鋭い口笛は懸念の表われだ。

「ボートはおろさないほうがよさそうだ。お客さんがたがやってきたぞ」

ケイトはぱっと立ちあがった。胸が早鐘を打ちはじめる。ダニエルの視線の先を追い、息をのむ。軍用の深緑に塗られた大型ボートがこちらへ近づいてくる。

「海軍の船だろう」ダニエルはつぶやいて、ボウをちらりと見た。「ふり切って逃げるか?」

「できるのか?」

「ちょっと難しいな」ダニエルは近づいてくる軍用ボートを鋭い目で分析した。

ボウは肩をすくめた。「じゃあ、乗船させればいい。彼らにできるのはせいぜいこの船を押収するぐらいだろうから、ラントリー・グループの力でなんとでもできる。すぐに解決できるだろう」

「ジュリオ!」ケイトの半狂乱の呼び声に、ラテン系の若者は船の反対側から急いで駆けつけた。「ジュリオ、早く!」ケイトは海岸に面した手すりに走り寄った。運がよければマストがあるおかげで、双眼鏡に見つからずにすむかもしれない。そばに来たジュリオもケイトと同じく緊張に顔を引きつらせている。「逃げられる見こみはないそうよ」テニスシューズを脱ぎながら、言葉少なに言う。「〈サーチャー号〉に乗船させるって」

ジュリオは悪態をついて、自分も靴を脱ぎはじめた。

ボウとダニエルがふたりのそばに来た。ボウは雷でも落としそうな険悪な顔つきをしている。「いったいなにをするつもりだ?」うなるように言う。「怖がる必要なんかない。デスパルドが政府にどんなコネを持っていようが、きみたちのことはぼくが守る。わがラントリー・グループはカステラーノを丸ごと売買できるだけの力があるんだ」

「ボウの言うとおりだ」ダニエルもすかさず言った。「おれはそういう場面をこの目で見てきた。ボウがちょっと経済力をちらつかせるだけで、すぐに自由の身になれるさ」

「あなたたちふたりはね」ケイトは苦い表情で言うと、手すりを乗り越えた。「役人があなたたちを解放するのは簡単よ。でもわたしとジュリオの場合は、そういうわけにはいかないの」心配そうなダニエルに向かって、ケイトは安心させるように微笑んだ。「大丈夫よ、海岸までそんなに遠くないし、わたしたち泳ぎは得意だから。飛びこんで、ジュリオ!」

若者は手すりを越えて、勢いよく海に飛びこんだ。ケイトも深く息を吸い、手すりから手を離そうとした瞬間、ボウが乱暴にその肩をつかまえた。「やめろ！　ばかな真似はよせ。きみたちは安全だって言ってるじゃないか！　ぼくが守ってやる」

「勝手にそう思っていればいいわ」ケイトは身をふりほどこうともがいた。「放して！　カステラーノで収監された女性がどんな目に遭うか知ってる？　それに比べたら、あなたの言うデスパルドの集団レイプが天国に思えるほどよ」

「やつらには手を触れさせない」ボウは激しい口調で言いつのった。「ぼくがゆるさない」

「無理なのよ」ケイトは怒りを目に燃え立たせて叫んだ。「あなたは自信たっぷりに守れるって言うけど、ジュリオやわたしのような人間は無理なの」

「どうしてだ？」

「母国の後ろ盾がないからよ。監獄に放りこまれて、鍵を捨てられてしまうのがオチなの」

ボウはまだわけがわからないという表情で、軍の船は刻一刻と迫っている。「わたしたちはふたりともパスポートを持っていないのよ、まったくもう！」

「なんだって？」ボウの手がゆるみ、ケイトは身をふりほどいて後ろ向きに海に飛びこんだ。

「パスポートがないだと！　パスポートなしで、どうやって世界中をほっつきまわれるんだ？」ボウは怒りにまかせてぼやきつつ、素早く靴を脱いで、手すりを乗り越えた。船から数メートルの波間に、海岸へ向けて泳いでいくケイトとジュリオの頭が浮き沈みするのが見える。「予想しておくべきだったよ。彼女に関してはまともな理屈はいっさい通じないってさ！」

「いつからおまえがまともな理屈を説くようになったんだ？」ダニエルが眉をつりあげた。

「どうやら追いかけるつもりのようだな？」

「ほかにどうしろって言うんだ？」ボウはかっとなって言い返した。「次にどんなトラブルに巻きこまれるかわからないんだぞ。まったく、パスポートがないとはな！」

「なにか指示はあるか、それとも軍の人間には即興で対処するか？」

「ぼくらは乗っていなかったことにしてくれ」ボウはぶっきらぼうに言った。「サンタ・イザベラでぼくら四人をおろしたと言うんだ。ラントリー・グループがおまえをカステラーノから解放する前にぼくも合流するつもりだが、もし来なかったら、船でサンタ・イザベラへ行って待っていてくれ」

「わかった」ダニエルは甲板に脱ぎ捨てられた靴をひとまとめにして、海に放りこんだ。

「証拠を隠滅しなきゃならないだろ？　泳ぎを楽しんでくれ、ボウ」

「恩に着るよ」皮肉をこめて言うと、ボウは海に向かって飛びこんだ。

5

　水は最初は冷たかったが、いまは身を包む温かなサテンのように感じられた。数メートル先にはジュリオの髪がきらめくのが見え、海岸までは何キロもあるかのように見える。ケイトは不安に襲われた。無事に泳ぎ着けるかしら？

　唇をかみしめ、より力強く水をかいた。泳ぎ着けないかもしれないなんて、一瞬でも考えてはだめ。なにかを必死に目指しているとき、疑念は最大の敵となる。ケイトはずっと昔にそう学んだ。だから無心になり、水をかき分ける腕と脚のリズミカルな動きに意識を集中させた。

　永遠にも思える時間がすぎ、ケイトはよろめきながら浜に上がると、ジュリオのかたわらにへたりこんだ。ジュリオは膝に顔を伏せて、肩で激しく息をしている。ケイトも同様の状態で、砂の上に倒れた。

「おいおい、まだ真っ昼間だっていうのに、船の観客がいる前で日光浴するつもりかい？」

ケイトが朦朧《もうろう》としながら見あげると、ボウが海神ポセイドンのごとく海から上がってくるのが見えた。カットオフ・ジーンズがスリムな腰に貼りつき、逞しい腿や髪が陽射しを受けてブロンズ色に輝いている。「なにしに来たの？」ケイトはぼんやりとたずねた。悔しいことに、ボウはほとんど息も乱していない。

「きみらふたりが軍のボートに見つからないようにするためだ」ボウは手を貸してケイトを立たせた。「来いよ、ジュリオ。陸の援軍を呼ばれる前に、木陰に隠れるんだ。ダニエルが気をそらしてくれているが、こっちを見られたらすぐ見つかってしまうぞ」

「わかった」ジュリオはあえぎながらよろよろと立ちあがり、椰子《やし》の林に向かうふたりのあとからついてきた。

ボウの力強い腕になかば抱えられるようにして椰子の木陰へ歩いていきながら、ケイトは無意識に彼に寄りかかった。すぐに立ち直るわ、と自分に言い聞かせる。ほんの少しだけ、彼の強さをあてにしたって罰は当たらないわよ。ケイトはざらついた椰子の幹にもたれて座り、目を閉じた。

「大丈夫かい？」

ケイトは目を開けた。「ついてきたりしちゃだめよ、ボウ」弱々しく言う。

「きみひとりに危険を冒させて、船で立ち去れと？」ボウは怒りの炎を瞳にちらつかせて、首をふった。「デスパルドじゃなく警察につかまったらどうなるか、ぼくに言うのを忘れていたな」

「話したところで変わらないわ。どっちみち来なきゃならなかったんだから」ケイトは言った。「セスナを取りに」

「パスポートがなかったら、百倍も危険じゃないか」ボウはケイトと向きあって腰をおろした。「それを承知していながら来たわけか」ケイトが口を開こうとすると、ボウは手で制した。「わかったよ、それは前にも聞いた。恩があるって言うんだろう」数メートル離れて座っているジュリオのほうに目をやる。「エルサルバドルから逃亡してきたジュリオはパスポートがないのもうなずけるが、どうしてきみが持っていないんだ？　ジェフリーが言うには、きみの母親はアメリカ人で、ナイトクラブの踊り子だったそうだが」

「わたしが生まれたのはリオよ。ママは出ていくとき、わたしの出生証明書を持っていってしまったの。それでジェフリーはわたしのパスポートを申請できなかったのよ」ケイトは肩をすくめた。「でもその当時はあんまり気にしていなかったわ。仕事柄、正規のルートで入国することはないから、たいして必要なかったの」

「ああ、必要ないだろうさ」ボウは皮肉たっぷりに繰り返した。「そのせいで学校へも行けず、将来を保証する教育も受けられなかったんだからな。きみの母親の国から当然受けられるはずのどんな保護も、きみは受けられなかった。どこの国にも入れず、まわりをうろつくことしかできなかった」ボウは唇をゆがめた。「きみにはどうでもいいことだろうが」

「わたしはじゅうぶんうまくやってきたわ」ケイトは弁解して言った。「あなたが想像するほどひどい暮らしではないのよ」

「まったく信じがたいよ」ボウは呆れて首をふった。「本気でそう思っているのかい？」

「もちろん」ケイトは力なく額をこすりながら言った。「わたしの人生はそれほど悪くもなかったわ。いろいろな意味で運がよかったと思ってる」ふいにきっぱりと身を起こした。「でもいまはそんな話をしている場合じゃないわ。暗くなる前にわたしの家へ着きたければ、すぐに出発しないと」

「きみの家？」ボウはとまどってきき返した。「例のジェフリーのコテージかい？」

ケイトは首をふった。「それはマリバの街はずれにあるわ。わたしは島の反対側に自分の家を持っているの。わたしが一緒だと、ときどきジェフリーも気まずいみたい」

「そうだろうな」ボウは苦々しげにつぶやいた。「だからって、きみをこのジャングルのまんなかにひとりで追いやったのか？」

「わたしがこうしたいと望んだの」ケイトは明快に答えた。「デスパルドみたいな連中がしょっちゅう訪ねてくるのは不愉快だったし。ひとりきりで過ごせる場所があるってとても素敵なことよ」ケイトはボウに視線を戻した。「それに、飛行機の隠し場所のすぐそばなの。いつも誰かが近くで見張っている必要があるから」

「ああ、飛行機ね」ボウはからかうように言った。「今夜、セスナで島を発《た》ちたいなら、すぐに行動したほうがいい」ボウは立ちあがり、ケイトに手を貸して立たせた。「もうじき日暮れだ」

ケイトは燃えるような赤と繊細な薄紫色に美しく染まる雲と、海にまばゆく照り映える夕陽を眺めた。「まだ四十分ぐらいあるわ。それだけあれば、わたしの家へ着くにはじゅうぶんよ」

ボウはけげんな顔をした。「飛行機はどうするんだ？」

ケイトは首をふった。「いまは島を離れるわけにいかないわ」青い瞳を心配そうにかげらせて言う。「シーファート船長と乗組員たちの無事を確かめないと。あなたの会社が解放してくれるから大丈夫だって言うけど、自分の目で確かめないうちは、ここを離れられないわ。あの人たちがつかまったのは、そもそもわたしのせいなんだもの」

「しかし――」

「わたしの責任よ」ケイトはかたくなに言い張った。「あの人たちの無事を確かめないかぎり、島を発つわけにはいかないわ」

ボウの瞳に、怒りとまざって奇妙な優しさが浮かんだ。「きみならそう思うのがあたりまえだろうな」ケイトの湿った髪をくしゃくしゃっと撫でる。「わかったよ、ケイト。きみのやりかたでいこう。どうやって彼らの無事を確認する?」

「おれにまかせて」ジュリオが言った。「明日の朝、コンスエロが魚を売りに行くときに、おれも一緒にマリバへ行く。市場で聞きこみをするのはそう難しくないはずだ」

「コンスエロというのは誰だ?」

「ジュリオがつきあっている女性のひとりよ」ケイトはなにげない口調で答えた。「入り江のそばの漁村に住んでいるの。彼女のお父さんとお兄さんは漁師で、旦那さんもそうだったんだけど、もう亡くなってしまって、いまは未亡人なの」

「つきあっている女性のひとり?」ボウは小声でつぶやいた。「相当ませた十八歳のようだな」

ジュリオはハンサムな陽焼けした顔で、抜け目なくにやりと笑った。「お互いさまじゃないですか。おれぐらいの年で何人の女と寝ていたんです?」

「紳士は数えたりしないものだ」ボウは冗談交じりに言った。「そういうことは慎めよ」

ジュリオは肩をすくめた。「コンスエロは寂しいんだ。おれは欲求を満たしてやっているだけさ」ふいにいたずらっぽく目を輝かせる。「いろんな欲求をね」立ちあがりながら言う。

「考えれば考えるほど、コンスエロのところに寄って、一緒にマリバへ行ってくれるように説得するのが、おれの崇高な義務に思えてきたよ」ジュリオは快活に言った。「心配するなよ、ケイト。おれにまかせてくれ」

「きみの恋人によろしくな」ボウは皮肉っぽい笑みを浮かべてからかった。

ジュリオは片目をつぶった。「遅くとも明日の夕方には戻ってきて、船長の現況を報告するよ」

「それが一番安全な方法みたいね」ケイトは唇をかんだ。「デスパルドの部下たちは、あなたとコンスエロがわたしたちの仲間だってことを知らないから。気をつけてね、ジュリオ」

「くれぐれも慎重にな」ボウも言った。「さもないと、またもやケイトが留置場に押し入ってきみを救いだすはめになるぞ」

「気をつけるよ」ジュリオは約束し、ケイトの頰にそっと触れた。「きみもだよ」まじめな顔つきでボウのほうをふり向く。「彼女を頼む」そして木陰にまぎれて素早く岬の方角へ向かった。

しなやかに歩き去るジュリオの後ろ姿を見送りながら、ケイトは喉が締めつけられるように痛んだ。「彼はまだ子どもよ」小さくつぶやく。「なにかあったらどうしよう」

「年齢よりずっと大人びているんだろう?」ボウは優しく声をかけた。「ジュリオは大丈夫さ」ボウは力強い手でしっかりとケイトの手を包み、なぐさめと励まし、そしてはかり知れない安心を与えてくれた。「もしものときは、ぼくもきみの監獄破りに加勢するよ」

ケイトは泣き笑いで答えた。「約束する?」

ボウはうなずいた。「ああ、約束だ。さて、そろそろきみの家へ案内してもらえるかな?」わざとしかめ面で言う。「風呂付きだとありがたいんだが。この塩水を早く洗い流したいよ。このままじゃ、干物になっちまいそうだ」

「もちろん、体も洗えるわよ」ケイトは無意識にボウの手を握り返しながら、楽しげに言った。彼の温かくて力強い手に握られていると、愛されて守られているような心地になれる。ケイトは薄明かりのなか、椰子の林を抜けて、ジャングルの奥へと入っていった。「すぐに連れていってあげる」

「ツリー・ハウスじゃないか!」ボウは高い木の枝を見あげて、呆然として言った。「からかっているんだろう?」

ケイトは首をふった。「とても合理的なのよ」目を見開いて、熱心に言う。「枝や葉が陽射しや雨をよけてくれるし、プライバシーも保てるしね」ケイトが茂みの後ろから梯子《はしご》を引っぱりだすと、ボウも無意識に手伝って幹に立てかけた。「ジュリオとわたしで作ったの。四カ月もかかったけど、労働に見あう価値はあったわ」

「わかるよ」ボウは優しく言った。夕暮れに沈むジャングルのなかでもうれしそうなケイトの顔の輝きが見て取れ、愛《いと》おしい気持ちに胸が痛いほど締めつけられた。少女がそのまま大人になったような彼女は、純真無垢《むく》でありながら、とてもしたたかだ。「なかを見るのが待ちきれないな」

「おしゃれでもなんでもないわよ」ケイトはボウに先立って梯子をのぼりながら言った。

「家具を運びこむのは大変だったわ。小物は自分で運んで、大きいものは滑車を使ったの」

木で作った土台にたどり着くと、ケイトは慇懃なしぐさで粗い木のドアを開けた。

「わたしの家《ミ・カーサ》はあなたの家《ス・カーサ》よ」

「ありがとう」ボウはまじめくさって言うと、小さな家のなかへ入った。

ケイトもあとにつづいた。「暗いからわたしが先に行ったほうがいいわね。わたしは慣れているから」手探りで籐《とう》のテーブルにたどり着く。ふいにマッチの火がつき、ケイトが古びたランプに火を灯《とも》すのが見えた。ふり向いたケイトは、驚いたように目を見開いた。上半身裸でカットオフ・ジーンズだけを身につけたボウが、見慣れたこぢんまりとした部屋には不釣りあいなほど野蛮な大男に見えたのだろう。「ちょっと狭いわね」ケイトは息を弾ませて言った。「雨戸を開けたほうがいいみたい」

「ぼくがやろう」ボウはドアの脇の大きな四角い窓にかかる麻の日よけを開け放った。「部屋じゅう、花の香りでいっぱいだ」ふり向いて、にやりと笑う。「なるほど。店を開けるぐらいそこらじゅう花だらけだ」

「花が大好きなの」ケイトはあっさり答えた。「森にいくらでも咲いているから、毎日新しいのを摘んでくるのよ」至福の表情で満足げに部屋を見わたす。「花が飾ってあると、みんな素敵に見えるでしょ」

このあまりにも簡素な部屋は、もう少し改善する必要があるけど、とケイトは思った。ベッドもなく、粗い木の床に青いデニム地でくるんだマットレスが置いてある。それ以外は、籐のチェストがふたつ壁際に並び、小さな籐のテーブルがあるだけだ。けれどもいたるところに花が飾られていた。まだ仕上げ途中の壁にかけられた籐の花挿しには、花芯がクリーム色をした鮮やかな珊瑚色《さんごいろ》の蘭《らん》が生けてある。片方のチェストの上に置かれた黒い鉢には、ヒメシダと濃い紫のすみれ。片隅の背の高い花びんには、緑の葉と不思議な金色の斑点のある白い花。けれどもボウの視線はケイトだけに向けられ、彼女はふいにまた息苦しくなった。

「原始人の小屋みたいに見えるでしょうね」ケイトは心もとなげに言った。

ボウはゆっくりと首をふった。「いいや、とても美しいよ。それにすごく個性的だ」静かに言う。「きみが自慢に思う気持ちがよくわかるよ」ボウにじっと見つめられると、ベルベットの布で柔らかくくるまれたような気分になる。「ある意味では、この部屋はきみ自身のようだ。風変わりで、愛らしくて、とても特別だ」ボウは横を向いて、籐のチェストの上の色とりどりの装飾品に目を留めた。「あれはなんだい？」

ケイトはボウの気がそれたことをありがたく感じた。見つめあう親密なひとときを、自分からは破れそうになかったのだ。ボウの視線の先を追い、にっこりと笑った。「わたしの宝物のオルゴールよ」小走りに歩いて、チェストのそばにひざまずくと、ケイトは赤と白の回転木馬を大事そうに取りあげて、底部のねじを巻いた。「ポート・オブ・スペイン（トリニダード・トバゴの首都）の質屋で見つけたの。可愛いでしょ？　ふつうの馬だけじゃなくて、ユニコーンやケンタウロスもいるのよ。買ったときはぼろぼろだったけど、わたしが色を塗り直して、ジュリオが機械を直せる人を見つけてくれたの」オルゴールをチェストの上に戻し、回転木馬がゆっくりとまわるのをうっとりと眺める。「このメロディがとても気に入っているの。なんの曲か知りたかったんだけど、質屋の人もジュリオもジェフリーもわからないって」

「映画『ドクトル・ジバゴ』の〈ラーラのテーマ〉だよ」ボウはかすれ声でささやいた。

「『ドクトル・ジバゴ』？」

「パステルナークの小説をもとにした美しい映画だ。〈サーチャー号〉のぼくの船室に一冊あるから、船に戻ったら見せてあげるよ」

「ありがとう。うれしいわ」ケイトはオルゴールを夢見がちに見つめながら答えた。「メリーゴーランドに一度乗ってみたいとずっと思っているの。ニカラグアの小さな村でカーニバルがあったんだけど、そこにはメリーゴーランドはなかったわ」

「買ってやるよ」

「えっ？」ケイトはびっくりしてボウをふり返った。

「世界一豪華なメリーゴーランドをきみに買ってやる」ボウは熱くかすれた声でささやいた。「いっそのこと遊園地を丸ごと買ってあげようか」ケイトが手にしたことのないものをすべて与えてやりたかった。さまざまな経験、数々の美しいもの、知識。すべてをなんとしても与えてやりたい。

ケイトはとまどいがちに笑った。「からかったのね」立ちあがりながら言う。「一瞬、本気で言っているのかと思ったわ」

ボウは口を開きかけたが、すぐにつぐんだ。「またいずれ話そう。さて、この塩と汗のかたまりをどこで洗い流せばいい？ 風呂があるという話だったが」からかいの笑みを浮かべて部屋を見まわす。「どう見ても、ここは風呂付きのようには見えないな」

「北に少し行ったところに泉があるの」ケイトはにっこり笑って言うと、オルゴールをそっと床に置き、チェストのふたを開けた。「ちょっと冷たいけど、水はとてもきれいよ」

「きみが日光浴するところだね？」

ボウの熱くくすぶるようなまなざしに見つめられ、ケイトの全身に甘い戦慄が走った。

「ええ、そうよ」チェストのなかから手早く石けんと、たたんだ大判のタオルと、シャンプーを取りだしながら答える。「もう陽が落ちたから、ちょっと冷たいかもしれないけれど」

「タオルは一枚だけかい？」

はっとしてふり向き、ボウと目が合うと、その表情にケイトは体のなかが熱く溶けていくような気がした。

「タオルは二枚必要じゃないかな」ボウは思わせぶりに言った。「きみも塩まみれだろう」ベルベットのような柔らかな低い声になる。「気にすることはないさ。ぼくがひと粒残らず洗い流してあげよう」親密な笑みを浮かべる。「とてもていねいにね」

ケイトは深く息を吸った。「わたしに一緒に行ってほしいの？」

「ぜひとも頼むよ」ボウはささやいた。「ものすごい方向音痴なんだ。ジャングルのなかで迷って、二度と出てこられなくなるかもしれない」

「それじゃあ、やっぱり一緒に行くほうがいいわね」ケイトはタオルをさらに数枚と、白いコットンのガウンを手に取りながら言った。「監獄破りを手伝ってくれるっていうあなたの約束と、これでおあいこよ」まるで疾走しているかのように激しく打つ胸の鼓動を感じさせないように、ケイトはつとめて軽い口調で言った。

けれども梯子をおりて泉への道を歩きながら、冗談っぽい会話をつづけることはできなかった。経験が乏しくてそういう如才なさは身についていないので、内心の緊張や不安を明かしてしまうことになりかねない。緊張と、もっと違うなにか……ふたりを包むジャングルのように美しく原始的で、わくわくするような、胸を打つなにかを。

泉のほとりに着く頃にはほとんど真っ暗で、ときおりきらめく月影のおかげでかろうじて水面が見分けられた。

ケイトはタオルとガウンを土手に置いた。「岸の近くは浅いから足がつくわ。まんなかは深くなっているから気をつけて」

「わかった」ボウはさっそくわずかな衣服を脱ぎ捨てて、水に飛びこんだ。「うわっ！」大声で叫ぶ。「この水はどこから湧いているんだ、南極か？」

ケイトは笑いだした。「冷たいって言ったでしょ」

「冷たいどころか、氷水だよ。石けんを投げてくれ」

ケイトは石けんを彼に向かって放り、自分もTシャツを頭から脱いだ。恥じらう必要はない。昨夜、〈サーチャー号〉のシャワー室でボウにすべてを見られているのだもの。それに真っ暗なので、ほんの一メートル先のボウの体もブロンズ色のぼやけたかたまりでしかない。

ということは、こちらも向こうにはよく見えないはずだ。

ケイトが水に飛びこんで大きく息をのむと、ボウの笑い声が聞こえた。「南極並みの冷たさだろ？」

「本当ね」ケイトは息を切らして答えた。てのひらにシャンプーを少し取り、髪を洗いはじめる。海水で髪がごわごわになっていて、二度洗いしなければならなかった。「わたしはもう使い終わったから、シャンプー使う？」

「石けんで洗った」ボウがあっさりと答える声が近くで聞こえたので、ケイトが顔を上げると、ほんの一メートルほどのところにいた。「待つのがじれったくてね。手っ取り早く洗って、ご褒美を楽しみたかったんだ」

「ご褒美？」ケイトは不安そうに唇をなめた。

「〝水浴びするケイト、可愛いケイト、美しいキリスト教徒のケイト〟（『じゃじゃ馬ならし』）」

「シェイクスピアね」ケイトの声は浅く乱れていた。

「そうだよ」ボウはからかいがちに言った。「でも今夜は文学談義はなしって約束だからね。可愛いケイト。こんなに自制心を働かせたのは何世紀ぶりだろうな」

「塩気はほとんど洗い流せたと思うけど」ケイトは弱々しく抵抗した。

「だが念には念をって言うじゃないか。一粒残らず洗い流すと約束したはずだよ」ボウはすぐ近くにいて、影になった顔から白い歯がきらめくのが見えた。「さあ、はじめようか」

冷たく濡れた石けんを喉元に当てられて、ケイトは思わず身を震わせた。「冷たい？」ボウがささやく。「よし、なんとかしよう」両手で石けんを泡立てる。「このほうがいい。きみもだろう？　こうするほうがずっと気持ちがいいはずだ」

ボウはケイトの手からシャンプーを取りあげて、石けんと一緒に岸へ放った。それから両手で石けんの泡をケイトの喉元にすりつけ、ゆっくりとじらすように広げていった。むきだしの肩を撫でまわされながら、ケイトは息をするのも忘れてじっと立ちつくしていた。ボウの手は泉の水で冷たくなり、硬いたこがあった。プレイボーイの手にはたこなんかできないわ、と見当違いなことをケイトは考えた。でも、ボウはそもそも型にはまらない人だ。自分の主義にしたがって行動する。実際は、彼の手はそれほど冷たくはなかった。表面は冷たいが、内側は熱く、彼に触れられるそばから体が火照った。

「左腕を貸して」

ケイトが水から左腕を出すと、ボウは肩から手首にかけてゆっくりと撫でるように洗った。リラックスするはずが、そうはならなかった。彼がもういっぽうの腕を洗い終える頃には、ケイトの胸は激しく高鳴り、肌がとても敏感になって、軽く触れられただけでも疼くほどだった。エロティックな夢を見ている気分だった。漆黒の闇のなかで冷たい泉に浸《つ》かり、全裸の見知らぬ男性に官能的に体を撫でまわされている。でもボウは見知らぬ男性ではない。いろいろな経験をともにしたおかげで、ジェフリーやジュリオよりもよく知っている気がする。「さて、いよいよメインコースだ」ボウは冗談めかして言い、水のなかでケイトの胸を包んだ。ケイトは小さくあえいで、とっさにボウのほうへ身を寄せた。

「あの酒場できみを初めて見たときから、ずっとこうしたいと思っていた」ボウは欲望にかすれた声で言った。優しく乳房を揉みながら、親指で硬くなった乳首のまわりのピンク色の輪をなぞる。「きみもこれを望んでいたように思うんだが、どうだい、ケイト？」

自分では気がついていなかったけれど、そうに違いない。疼くほど求めていたものを与えられ、ケイトの体は瞬く間に反応した。「石けんの泡が水でみんな流れてしまったわ」ケイトは熱い霞に包まれながら、陶然として言った。こんなに冷たい水に浸かっているのに、どうして熱いと感じるのだろう。

「石けんがなくたってかまわないさ」ボウが安心させるように言う。「摩擦の力は石けんに勝るって言うからね」

「誰がそんなことを言ったの？」ケイトは本気で知りたいわけではなかったが、息を乱しながらたずねた。ボウが親指の爪の先で、とがった胸の先をもてあそぶ。

「忘れた」ボウはうわの空で答えて、体をいっそう近づけた。「だがその説を試してみたい。

脚を開いてごらん」

ケイトはなにも考えずに言われたとおりにした。「どうして――」内腿のあいだにボウの膝が入ってきて、ケイトは言葉をのんだ。胸を包んでいた片方の手でヒップを支えられ、彼の逞しい太腿にぴったりとまたがるような格好にさせられた。ボウは岸に反対の膝をついて、ふたりの体を支えた。

「これでよし」ボウもケイトの心を映すように荒い息をついている。「このほうがずっといい」ケイトのヒップを支え、太腿の上で前後にゆり動かす。「快適な乗り心地だろう?」

快適? 明らかにふざけた口調で、その形容詞がいかに的外れか、じゅうぶん承知していることがケイトにはわかった。彼の言う摩擦は焼けつくような感触で、彼の肌触りをまさに体で感じることだった。弾力のある筋肉に包まれた硬い骨格、もっとも敏感な部分にこすりつけられる太腿。ケイトのふくよかな乳房が、前後にゆすられるたびに平らな胸板に当たり、彼の息遣いがいっそう荒くなる。

もう片方の手でリズミカルに乳房を揉みしだきながら、ボウはケイトの下腹部に熱い摩擦を与えつづけた。胸の蕾《つぼみ》を円くなぞる彼の人さし指は、好奇心旺盛で刺激的だった。「胸の先がこんなに可愛く縮まっているよ」ボウは荒い息の合間にささやいた。「冷たい水のせいかな、それともぼくがこんなふうにしているせい?」

「わからないわ」ケイトは息をあえがせて言った。全身を苛《さいな》む熱くとろかすような疼きのほかは、なにも考えられない。

「じゃあ、一緒に答えを見つけよう」ヒップを支えていた彼の手が、突然なめらかにケイトの内腿のあいだにすべりこんできた。「きみにちゃんと知ってもらいたいんだ。男のプライドの問題だからね」ボウの指が悪魔のような巧みさで愛撫し、なかに入りこみ、いたぶりはじめた。

「ボウ！」ケイトは無我夢中で彼の肩にしがみつき、身をしならせた。手練手管に長《た》けた二本の指を奥に挿し入れられ、かきまわされて、ケイトは喉の奥からすすり泣きのような低いうめき声をもらした。

ぴったりと重ねられた彼の胸の鼓動が耳に雷鳴のように響き、彼の声はわずかに震えていた。「ぼくのせいだろう、ケイト？　言ってごらん」

「あなたのせいよ」ケイトはなにを言っているのか自分でもわからないまま答えていた。その瞬間は彼が望むならなんとでも言っていただろう。

「すごく締まってる」ボウがささやいた。「ああ、ケイト、もう待てないよ。ぼくもいきたい」

「どういうこと？」ボウが三本目の指をかなり無理して挿し入れると、ケイトはいっぱいに押し広げられている感覚のことしか考えられなくなった。

「ぼくも入りたいって言ったのさ、ケイト」ボウはかすかに声を震わせて笑った。「レディのおゆるしを頂ければ、だけどね」

ケイトは無意識にもっと腰を押しつけようとしていた。「ええ、いいわ」目を閉じて言う。「あなたの好きにして」

「夢みたいな寛大な誘いだな。まずきみを先に連れていってあげよう。今夜は長くなりそうだぞ」ボウが乳首を優しくつまむと、ケイトの全身を甘い電流が駆け抜けた。「残念ながらここではじめるわけにはいかない。明日なら水中遊技を楽しんでもいいが、今夜はきみのシルクのような熱い肌を全身で感じたいんだ」胸を包んでいた彼の手が腰のほうへ滑りおりていき、指で深く突きあげられて、ケイトは悦楽のうめき声をあげた。「覚えていてくれ」ボウが苦しげなかすれ声で言った。「このぼくの感触を。きみのこの場所はぼくのものだ。あとでまた戻ってくるよ」名残り惜しそうにボウは指を抜き、ケイトの腰を支えて腿からおろし、軽々と岸に座らせた。

ケイトは呆然として座っていた。湿気を含んだ風が裸に冷たく感じたが、震えるほどつらくはなかった。ボウがすぐにそばに来て、ケイトの全身を愛撫するかのようにタオルで優しく拭いてくれたからだ。

「かがんでごらん。髪を拭いてあげるよ」

ボウはていねいにケイトの髪をぬぐい、湿った巻き毛を指ですいて、ふわりとさせた。

「だいたい乾いたな」満足そうに言う。

「すごく短いからすぐ乾くのよ」ケイトはごくあたりまえのように言った。けれどもこんなにすぐそばでボウに対して感じている気持ちは、あたりまえとはほど遠い。石けんの香りと男性的なムスクの匂いにまじって、彼の体が発する熱気を感じることができた。

ボウはケイトに簡素な白いコットンのガウンを手渡した。「これはきみが着るといい」彼はべつのタオルを取って、自分の体を拭きはじめた。

ケイトはガウンを頭からかぶって引きおろした。ボウの経験豊富な手で刺激されて敏感になった肌に生地が触れるとくすぐったく感じた。とくに張りつめた胸の先にこすれると耐えがたかった。「あなたの着るものがないわ」

「ぼくが今夜、身につけたいのはきみだけだ」ボウはタオルやシャンプーや石けんを拾い集めながら言った。「服を集めてくれるかい？　一刻も早く、きみの家へ戻りたい」

ケイトはボウに負けじと素早く行動した。あっという間にもうツリー・ハウスの梯子をのぼっていた。ボウは抱えていた荷物を木の床に置き、ドアを開けようとするケイトを引き止めた。「待って」震える息を深々と吸って言う。「入る前に抱きしめさせてくれ」ケイトの腕から衣類を奪い取って、無造作にタオルの山の上に放る。「抱きしめるだけだ。なかに入ったらとてもできそうにないから。本当にせっぱつまっているんだよ」

　ボウはケイトを腕のなかに包みこんで優しく抱きしめた。ケイトは彼の硬い興奮の高まりを感じたが、ボウは力強い腕でそっといたわるように抱きしめて、額にキスをしただけだった。抱かれてゆすられていると、熱くまばゆい優しさのなかでつかのまケイトは欲望を忘れた。ボウ。ああ、愛おしくて、優しくて、野性的なボウ。胸がいっぱいになり、ケイトは彼をぎゅっと抱きしめ返した。

「おいおい！」ボウは笑って言った。「落ち着いて。きみが熱心なのはうれしいけど、興奮してしまうよ」ケイトの後ろに手をのばしてドアを開ける。「つづきはあとにしよう」ケイトをそっとなかへ入らせた。「うんとあとでだな」

「いいわ」ケイトは室内に入ってくるボウをうっとりと見つめた。ランプの明かりに逞しい体がつやややかに光り、欲望に昂《たか》ぶる男性そのものだ。そう、とても昂ぶっている。

「ガウンを脱いで、ケイト」欲情に煙るボウの瞳に金色の斑点が躍っている。

　ケイトがガウンを床に脱ぎ捨てると、ボウが近づいてきた。彼が顔をしかめているのに気づいてケイトが困惑して見ていると、ボウは壁際のチェストのそばへ歩いていった。

　タオルを取りだすときにケイトが床に置いたオルゴールをそっと取りあげて、チェストの中央に慎重に置く。「気をつけないとだめじゃないか」とがめるようにボウは言った。「うっかり蹴って倒してしまうかもしれないだろう。宝物は大事にしないと」

ケイトは胸の奥が温かくなるのを感じた。「そういうもの？」

ボウは真剣なまなざしでうなずいた。「そうだ」

「あなたなら心得ていて当然ね」ケイトは震える声で笑いながら言った。「あなたみたいなお金持ちは、宝物をたくさん持っているでしょうから」

「それは違うな。たしかに高価なものはたくさん持っているが、宝物とは違う。宝物っていうのはとても大切なものだ」ボウはしなやかな動きでケイトのそばに来た。「これまでのぼくは、宝物を持つのに値しない人間だったのかもしれない。それを大切にしようという思慮も責任感も持ちあわせていなかったから」照れ笑いするボウは、少年っぽくて可愛かった。「でもいまはちゃんと学んだよ、ケイト。きみを心から大事にして守ると誓ったら、ぼくの宝物になってくれるかい？」

ボウの雄弁で美しい表現に胸を打たれ、ケイトは喉にかたまりがつかえたようでしばらく口がきけなかった。彼の宝物になるというのは、永遠にという意味だろうか？　それとも今夜だけのこと？　いまはどちらでもいい。ボウと一夜をともにできるなら、あとでどれほど胸が痛もうとかまわないわ。

「あなたがそう望むなら」乱れる息の合間にケイトは答えた。

「ああ、それがぼくの望みだ」ボウはかぎりなく優しい手つきでケイトの頬を包んだ。「後悔はさせないよ、ケイト」ふと暗い表情になる。「これは例のばかげた取り引きとは無関係だよな？　あれはもうチャラにしよう。きみは本心からぼくを求めてくれているんだろう？」

「ええ、本心からよ」ケイトはにっこりと微笑んで言った。こんなに敏感にわたしが反応してしまうのを見ているくせに、どうして疑ったりするのかしら。彼はあらゆる反応をいとも簡単に引きだせてしまう。体だけでなく心にも。優しさ、ユーモア、尊敬、感嘆、愛。――愛？　その言葉があまりに自然に思い浮かんだことに、ケイトはちょっぴりとまどった。それについては考えないようにしなくては。ほんのつかの間の関係に、そういうものを求めるのはとても危険なことだから。

「それならお望みのものをあげよう」ボウはいつものおどけた態度に戻って言った。「このぼくの体は隅々まできみのものだよ」ケイトの胸をそっとてのひらに包んで言う。「さあ」

ボウはケイトの腰を抱くと、デニムの生地を敷いたマットレスへといざなった。ヒップを包む彼の愛撫は欲望というより愛情にあふれていた。「きみにいくら触れても足りない。シルクのようになめらかで、温かくて、瑞々《みずみず》しい。撫でまわさずにいられないよ。サテンの枕に体をこすりつける猫になった気分だ」ボウはケイトの肩に手を置いてマットレスの上に膝をつかせると、自分も彼女の前にひざまずいた。欲望を湛えたまなざしでむきだしの胸を貪るように見つめられ、ケイトは興奮に身を震わせた。「いまもそうしたくてたまらないが、遊びの時間はもうおしまいだ」

「明かりは？」ケイトはたずねた。欲望に煙る彼の表情が見えなければ、恥ずかしがらずにすむかもしれない。

ボウは首をふった。「ランプの明かりに照らされるきみを見ていたい。金の液体をまぶしたように光って見える」ゆっくりと顔を下げて、つんととがった乳首に唇を近づける。まるでキスのように温かい息が触れた。「この可愛い蕾がさっきみたいにすぼまるかどうか、試してみよう」

ボウが胸の先を口に含むと、ケイトは息をのんだ。彼は愛撫を待ち焦がれる乳首を交互に甘がみしたり吸ったりした。最初はとても優しかったが、しだいに様子が変化していくのがわかった。張りつめた表情で、衝動を必死にこらえながら、ケイトをマットレスに横たわらせ、豊かに張った乳房を両手で包みこむ。荒々しく舌を這わせながら、ときおり乳房を丸ごと貪るように激しく吸う。ボウは顔を欲望に紅潮させて、乳首に歯を立てた。「いくら貪っても足りないよ。きみを丸ごと食べてしまいたいくらいだ」激しく吸いたてられて、ケイトは体を弓なりにして小さな叫び声をもらした。ボウはのしかかるようにして、夢中で乳房に唇を這わせながら、猫のように体をこすりつけはじめた。胸を愛撫する唇と同じように、エロティックなしぐさだった。けれどもボウは猫とは似ても似つかない。逞しい骨格としなやかな筋肉とを持ちあわせた、欲情に猛《たけ》り立つ男性そのものだ。

ケイトはボウの興奮のあかしが肌に触れるのを感じて、無意識に腿を開いて迎え入れようとした。彼のすべてを受け入れたい。感触も、匂いも、その姿も。ありとあらゆるやりかたで、彼に包みこまれたかった。

「ぼくが欲しいかい？」ボウは純金の輝きを湛えた瞳でたずねた。自分のものだと言わんばかりに、片手をケイトの腿のあいだに這わせた。あまりにも純粋に彼を欲しているもっとも秘めやかな部分を、温かな手に包まれて、ケイトは耐えがたいほど興奮した。「ここにいますぐぼくを迎える準備はできているかい？」

「あなたが欲しいわ」ケイトは息も絶え絶えにささやいた。「いますぐ！」

ボウは目をつぶり、安堵に震える息をついた。「よかった、これ以上待てなかったんだ。もう気が変になりそうだよ」無我夢中でケイトの腿を開き、愛撫しはじめた。「ここもすごく可愛いね」顔を下にずらして、やわらかな下腹部を優しくついばみながら言う。「それにぼくを迎える準備もできている」激情にかすれた声で笑った。「ちゃんと準備させておきたかったんだ。きみはものすごくきついから、ぼくと同じくらい興奮していないと痛いだろうと思ってね」

そんな心配をしてくれなくてもいいのに。ケイトは朦朧としながら思った。早く彼に満たしてほしくて、こんなに熱く疼いているのだから。

ボウはケイトの腿のあいだに身を入れて、熱く硬いものを押しあてると、愛おしくなるほど優しい笑顔で彼女を見おろした。「慎重にするよ」彼はささやいた。「きみに痛い思いをさせたくないから。宝物の扱いかたを学んだって言ったろう?」

ボウの声にも瞳にも、胸を締めつけるほどの優しさと情熱があふれていた。あまりにも素晴らしくて、ケイトは思わず涙ぐんだ。なにもかもがとても美しい。彼の金色の瞳も、官能的なカーブを描く唇も、彼の肩越しに見える壁際の鮮やかな珊瑚色の蘭の花も。そしてもっとも美しいのは、ふたりがひとつに結ばれるこの感触だ。

「力を抜いて」ボウはやる思いをにじませて言った。「痛くしないって言っただろう。ぼくを信じてごらん」

もちろん信じているけれど、ボウの苦しげな表情がケイトには耐えがたかった。いまからふたりのあいだに起ころうとしていることの美しさを、なにものにも損なわせてはならない。わたしがその問題を容易に解決できるとあれば、なおさらだ。

ケイトが敢然と腰を突きあげると、鋭い痛みに貫かれた。けれどもすぐに彼に満たされた悦《よろこ》びがそれに取って代わった。ケイトは満足そうに微笑んでボウを見あげた。「これでよくなった？」

「よくなった」ボウは驚嘆の表情で答えると、激しく身を震わせて目を閉じた。「ああ、すごくいいよ」

「よかった」ケイトは愛おしげにボウの腰を撫でた。「ボウ、あなたを幸せにしてあげたいの」

ボウは目を開けて、奇妙な苦悩の表情でケイトを見おろした。「わかっているよ」かすれた声で言う。「誰にでも幸せになる権利はある。たとえそれが永遠に与えつづけることを意味するとしてもね。たいてい人間は奪いつづけるものだから」ボウは苦笑してつぶやいた。「ぼくもその一員だ。人生で初めて与えたいと思った。同時に奪ってもいるけれど」ケイトの頬を優しく撫でながらささやく。「そしていまいましいことに、いまはそれをやめられない」

ケイトはとまどった。彼を助けてあげたかったのに、ボウはいまとても悲しげな顔をしている。「ボウ、わたし――」

「しいっ」ボウは人さし指をケイトの唇にあてた。「なにも言わないで。万事うまくいくから。ぼくは奪うけれど、与える方法も見つけるつもりだ。おあいこってことにしよう」ボウはケイトの体になじませるようにゆっくりと抜き挿しした。自分を抑えるのは容易なことではないはずだ。いまにも爆発しそうな欲望を彼が必死にこらえているのが、ケイトにはわかった。腰の筋肉が硬く張りつめている。熱くじらすようなリズムは素敵だったが、ケイトはもっと欲しかった。前に彼が見せた、原始的な野獣のような情熱をもう一度示してほしい。

「ボウ」ケイトはボウの尻に無意識に爪を立てながら、熱に浮かされたようにささやき、もどかしげに腰を突きだした。「お願いよ、ボウ」

ボウは葛藤し、やがて降参したようにうめいた。「ケイト。ああ、ケイト」突き入れる動きが激しくなる。ケイトは息を奪われ、悦びにわれを忘れた。

宝物。淡いメロディを奏でるメリーゴーランド、ボウの金色の瞳、手に手を取りあってジャングルを駆け抜けるふたり、優しさを秘めた皮肉っぽい南部訛り、勇気、正直さ、情熱、この美しく脈動するリズム。たくさんの宝物。彼はそれらすべてを与えてくれた。そして最後に燦然《さんぜん》と輝く宝を与えられ、ケイトは歓喜の極みに押しあげられた。それは彼が与えてくれたどんな宝にもまして素晴らしく得がたいものだった。

ケイトはボウの肩に頭を預けて横たわり、力強い鼓動に耳を傾けていた。彼女と同様に、その鼓動はしだいに穏やかになってきた。ボウはすっかり満たされて、気だるそうにケイトの巻き毛を撫でている。「本当にシルクみたいだ」満足そうにつぶやく。「この柔らかい巻き毛がどんなに好きか、きみに言ったかな?」

ケイトはうなずいた。「あなたって触るのがとても好きなのね」からかうように言い、ふいに笑いだす。「この状況に不満を言うつもりはさらさらないけど」

髪をいじるボウの手が止まり、彼は身をこわばらせた。「そうだな、きみはぼくになにをされても不満を言ったりはしないんだろう」静かに言う。「いったいどうしてバージンだったんだ?」

「そうなの?」アルバレスの酒場にいた女性は、きみを同業者のように言っていたが」

ケイトはまるで気にもかけずに言った。「ジェフリーをウイスキーの瓶から引きはがしによくあの店に行っていたから、勘違いされたのね」ふいに顔を持ちあげて、不安そうにたずねる。「あなたは気にしているの?」

「気にしているに決まっているだろう。バージンを犯す趣味はないからね。どうして言ってくれなかったんだ?」ボウは口元をゆがめた。「まったく、ぼくときたら、高い対価じゃないなんて言ってしまったじゃないか」

「安いものよ」ケイトは静かに言った。「ジェフリーをカステラーノから逃がしてあげられるなら、ほかのことはたいして重要じゃないわ」

「いままで守ってきたんだから、それなりに大切にしていたわけだろう?」

「わたしが出会う男の人たちはみんな、女性を道具のようにみなす人ばかりだった」ケイトは腹立たしげに言った。「わたしは道具じゃない。ちゃんと価値がある人間よ」

「もちろん、価値があるとも」ボウは優しいしぐさでケイトの頰を撫でた。「きみみたいな暮らしを送ってきた女性が、純潔を守りつづけるのはとても難しいはずだ」

ケイトは肩をすくめた。「自分の面倒は自分で見られるわ。最近はジュリオがいてくれるから楽になったし」

「ジュリオと出会う前はどうだったんだ？」

「しつこい男には性病持ちだって言うの」ケイトはこともなげに言った。「ジェフリーが教えてくれたんだけど、たいてい効き目があったわ。みんな怖がって逃げていくわよ」

ボウは忍び笑いした。「きみのこの顔で、よくもだませたものだと不思議でしかたがないよ」ケイトの瞳は幼い少女のように澄み渡り、誠実そのものだ。「きみは嘘が得意なようには見えないが」

「そうね。嘘は大嫌い」ケイトはふいに身震いした。「でも恐ろしい目に遭ったときは、嘘をつかざるを得ないけど」

ボウは、ひとりぼっちで怯えているケイトを想像して、激しい怒りにとらわれた。ふいを突かれるほど強い感情だった。それほどの憤怒はいままで感じたことがなかった。ボウは深呼吸をして、無理に体の力を抜いた。「そいつらはどうしようもない臆病者だったんだろう」不機嫌に言う。「ぼくだったら、たとえきみの言葉を真に受けたとしても、そう簡単には追い払われなかったぞ」

ケイトは驚いて目を丸くした。「そうなの?」

ボウはケイトの肩を抱いて腕のなかに戻した。「ああ。きみみたいなたぐいまれな女性を簡単にあきらめるものか」鼻の頭にそっと口づける。「まず、きみを最高の医者のところへ連れていって治療を受けさせる。それからきみをさらって、病気が治るまでのあいだ、感染の危険がないありとあらゆる方法で悦びを与えあうんだ」

「どんな方法?」ケイトは好奇心に目をきらきらと輝かせた。

「あとで実演してあげるよ。言葉ではうまく伝えられないから」

「わたしたちがいましたことより素晴らしいとは思えないけど」ケイトは感動に瞳を潤ませてボウを見あげた。「ものすごく美しかったわ」

「本当かい、ケイト?」ボウの声はかすれていた。幼い少女のように彼女はたまらなく愛くるしい。「そんなふうに感じてもらえてうれしいよ」

「ええ、本当よ」ケイトは青い瞳を夢見がちに見開いて言った。「あなただからこそよ、ボウ。同じだけの価値があるものをお返しにあげられたらいいのに」ボウの喉元の脈打つ場所に愛おしげに口づける。「香料と、たくさんの金《きん》と宝石を」

「たくさんの金？」ボウは困惑してきき返した。

ケイトがうなずく。「シバの女王からソロモン王への贈り物よ」

ボウが声をあげて笑うと、目尻のしわが深くなった。「そうだったか」嘆かわしそうに首をふる。「きみの頭にはびっくりするほど豆知識がつまっているんだな」むっとしかけるケイトに素早くキスをしてなだめる。「魅力的な豆知識でいっぱいの、魅力的なレディだ。でも言っておくが、ぼくの奉仕《サービス》はたくさんの金じゃ買えないぞ。値がつけられない稀少品《きしょうひん》だってもっぱらの評判だ。だからきみのその贈り物はとっておいてくれよ、ケイト」

「そうなの？」ケイトはふいに茶目っ気たっぷりに目を輝かせた。「あなたが受け取ってくれそうな贈り物をひとつ思いついたわ」ボウから体を離してさっと立ちあがる。「あなたは感覚を楽しむ人だものね」ボウの抗議のうめき声を無視して、ケイトはガウンを着ると、部屋の片隅へ走っていって、壁のハンドルをまわしはじめた。「これを設置するのに、ジュリオとわたしで丸々一週間かかったのよ。でもそれだけの価値はあったわ。外側の滑車で操作するようになっているの」

後ろでボウの驚きの声があがった。屋根が巻きあげられて現われた木の梢《こずえ》と月明かりの夜空をケイトは見あげた。「星空の下で寝てみたかったの」ふり返ってボウに言う。「あまりしょっちゅうはできないんだけど。鳥たちにはここに飾ってある花が魅力的に見えるみたいで、この前の朝なんか、オウムが蘭の花束に巣を作ろうとしていたのよ」屋根がすっかり巻きあがると、ケイトはハンドルを放して、ボウのもとへのんびりと戻ってきた。「本当に失礼しちゃうわ。蘭の花なら森にいくらでも咲いているのに」ボウのそばに膝をつく。「よりにもよってどうして……」ふと口をつぐむ。「そんなおかしな目でじっと見つめて、どうかしたの？」

「おかしな目？」ボウはうわの空で応じた。ランプの明かりで、ケイトの陽射しに洗われた巻き毛が光輪のように輝いている。彼女の瞳にも同じ輝きがあった。ボウは彼女を抱き寄せて、ふたたび頭を肩に預けさせた。「そんなふうにきみを見つめていたなんて、気がつかなかったよ。たぶん、星空が見えるように巻きあげ式の屋根がついたツリー・ハウスに住んでいる女性と知りあいになったのは、生まれて初めてだからだろう」

「じゃあ、とても素敵なものを見逃していたわけね」ケイトは心からそう思っているように言い、ボウに寄り添った。「あの夜空を見て。すぐそばにあって、手が届きそうでしょう」ふふっと笑う。「あなたなら喜ぶと思って。ブルー・ベルベットの夜空よ。わたしの贈り物は気に入ってくれた、ボウ？」

「ああ、気に入ったとも」熱帯のそよ風がふたりの頭上の梢をゆらし、肥沃な土と野生の花々と濡れた草の香りを運んできた。ブルー・ベルベットの星空は、ケイトの瞳のように澄んでいて美しかった。彼女の巻き毛を撫でながら、ボウは女々しくも喉につかえたかたまりをのみこもうと必死だった。「シルクの肌をしたぼくの可愛いケイトと、ブルー・ベルベットの星空。気に入らないわけがないだろう?」

6

つややかな緑の葉を透かして、夜明けの薄明かりが射しこんでくる。ケイトはかすかに身震いして心地よいボウの体にすり寄った。彼はなんて温かいのだろう。まどろみながら思った。温かくて、頼もしくて……

目を開けると、すぐそばに彼の顔があり、胸がきゅんと締めつけられた。その無防備な寝顔にはいつもの皮肉も嘲笑のかけらもなかった。長い睫毛の先が金色がかっていることに、いま初めて気がついた。ブロンズ色の髪にも金色のすじが交ざっている。彼は本当に美しい。ケイトは引き締まった頬に影を落としている睫毛に、そっと指で触れてみた。睫毛が瞬き、あわてて指を引っこめた。彼を起こしたくない。目が覚めたら、心を守るためにいつもの鎧《よろい》を身につけてしまうだろうから。眠っていると、彼が自分の恋人なのだと思うことができた。起きているときは、そんな幻想はとても抱けない。そう考えてふと寂しくなり、ケイトは素敵な夢心地から現実に引き戻された。

もちろん、彼は恋人などではない。一夜かぎりの関係は、彼にとってはなんの意味も持たないのだ。わかっていたはずなのに。ジュリオやジェフリーは身勝手な男の手本のようだし、いままで知りあったほかの男たちもみな似たり寄ったりだった。昨夜の体験がどんなに素晴らしくても、ボウも同じ気持ちでいるなどと期待してはいけない。ふたりはほとんど赤の他人で、彼は肉体の悦びを与えてくれる女性なら誰に対しても優しく情熱的に接するのだろう。彼がなにを考え、感じているのか、わたしにはとうてい知りようがないことなのだ。

ケイトはボウを起こさないように用心深く体を離した。自分も心を守る鎧が欲しい、とふいに思った。彼に対して、わたしは無防備だ。取り引きしたからだけでなく、彼を愛してしまったから。昨夜、どんなにそのことに気づくまいとしても無理だった。ケイトはボウを愛してしまい、それは彼女にとって心を捧《ささ》げると誓ったも同然だった。ボウに心を捧げるのはひどく危険なことだが、ほかに選択肢はない。ケイトにとって愛しかたはただひとつであり、それはジュリオやジェフリーに対する愛情とは比べものにならなかった。

細心の注意を払ってケイトはマットレスを離れ、立ちあがった。チェストからタオルを何枚か取り、マットレスのそばに脱ぎ捨てられた白いガウンを拾う。そして静かにドアの外へ出た。

三十分後、ケイトは泉で水浴びし、苔《こけ》に覆われた岸辺にバスタオルを敷いて、早朝の日光浴を楽しんだ。熱帯の太陽は朝早くても裸身に熱く照りつけるが、木陰に入りたいとも冷たい泉に浸かりたいとも思わなかった。体の芯まで太陽の素晴らしい熱が染みこむのを感じるのは、まさしく至福だ。ケイトは太陽をこよなく愛している。どうして氷や雪があたりまえの凍える土地に人は住むのだろう?

氷。ボウは職業柄、氷の上で長年過ごしてきた。それを考えるととても不思議だ。彼もわたしと同じで、太陽を浴びるために生まれてきたように思えるのに。金色の瞳、金色の肌、そして金色に輝くおおらかな魅力。でも屈託がない、というのとも違う。ケイトはまどろみながら思った。ときおり彼が垣間見せる複雑さや苦々しさに、思わずはっとさせられる。出会ってからの短い時間に、そういうことがしばしばあった。でも彼との優しく荒々しい愛の交わりが心を占めているいまは、まともに考えられない。昨夜の思い出もやはり金色だ……。

突然ケイトの太腿を広げる巧みな力強く優しい手は、とてもなじみのあるものだった。ボウ。満足そうな笑みを浮かべながらも、ケイトは目を開けなかった。心のうちを読まれてしまいそうだったし、ただ太陽の光を浴びて横たわり、ボウがなめらかなひと突きで入ってくるのを感じるのはとても心地よかったから。ひとつに結ばれると、ボウは満足したように動かなくなった。ケイトの巻き毛をゆっくりと撫でてから、肩や胸、柔らかな腹部へと愛撫の手を這わせていく。太陽は燦々と降り注ぎ、彼の愛撫の手は優しく、なかに包みこまれている彼の分身は熱く情欲的であると同時に、いたわりに満ちている。ふたつの感情が共存できるとは夢にも思わなかったケイトは、目を開けて彼にそう言おうとした。

ボウは情熱にかげった表情で、美しい唇に官能的な笑みを浮かべ、ゆったりと気だるくケイトのなかで動きはじめた。

「ボウ」

「しい」ボウがかすれ声でささやく。「黙って。きみが太陽神ラーの美しい捧げ物みたいに見えて、どうしても神に代わってきみを奪わずにいられなかった。リラックスして、ぼくに身をまかせてごらん。時間はいくらでもある。きみの熱い感触を楽しませてくれ」

ボウは軽やかな愛撫を繰り返した。けっして力をこめず、手のなかで飛び立とうとする小鳥の羽根をそっと撫でてやるように。ケイトを貫く彼のリズムも、同じように優しく繊細でありながら独占欲に満ちていた。ケイトはふたたび目を閉じた。

「そうだ、ケイト」ボウはベルベットのような柔らかい声でささやいた。「黄金の雨になってきみの上に降り注ぎたい。きみを熱く満たさせてくれ」彼の指が内腿のあいだに巧みにすべりこんできて愛撫をはじめると、ケイトはあっと息をのみ、まばたきして目を開けた。

「気に入ったかい？」ボウが気だるく微笑みかける。「きっと気に入ると思ったよ。きみが小さく声をもらすのを聞くのが好きだ。そんなふうに、プレゼントをもらった小さな女の子みたいに目を丸くしてぼくを見るのもね」ボウがふいに深く突き、じらすような愛撫を繰り返すと、ケイトはもはや完全にまどろみから覚まされた。

「がっかりさせて悪いけど、あなたのおかげで温まるどころじゃないわ、ボウ」ケイトは息を弾ませて言った。「もう火傷しそう」

「裸で日光浴なんかするからさ」ボウは欲情にかすれた声で言い、ケイトのヒップを両手でつかんで引き寄せると、熱くとろけている彼女のなかへさらに深く突き入れた。「だけどぼくの努力で、可能なかぎり気持ちのいい火傷にしてあげるよ」

その約束にたがわず、彼がかきたてる歓喜の炎はあまりに絶妙で、消し止めるのはまさしく拷問と言えた。濃い緑に茂ったジャングルのなかの小さな陽だまりに横たわっているのは、非現実的な夢のように思えた。白日のスポットライトに照らされていると同時に、幻想的な霧に包まれているようにも感じられる。

繰り返される熱い抜き挿し。石けんの香りとムスクと土の匂いが漂う静寂のなかで、ボウの荒い息遣いと、ケイトのときおりもらす歓喜のうめき声だけが響いている。焼けつくような愛撫。金色の目を細めて真剣な表情でケイトの顔を見つめながら、なめらかに激しく腰を動かすボウ。頭上の木のあいだからのぞくサファイア・ベルベットの空。強く、深く、熱く繰り返される律動。ケイトはすすり泣きに似た悲鳴をあげた。ああ、全身が熱くてめまいがしそう。炎に身を焼かれ、包みこまれる。火傷する！

ボウが荒い息遣いに胸を上下させながら、ケイトの上に倒れこんだ。いまも離すものかと言わんばかりに彼女のヒップをつかんで、ぴったりと押しつけている。ケイトも彼の肩に夢中でしがみついていた。まだ離れたくない。つづけていたい。美しい瞬間はいつもすぐに色あせてしまう。でもいまだけは、つづいていてほしい。

「重たいよな」ボウはまだ荒い息をつきながら、体を横にずらした。「ごめんよ、ケイト。きみを押しつぶしてしまうところだった」

「そうされても気がつかなかったわ」ケイトはふざけて答えると、ボウにすり寄り、胸毛を撫でながら、伏せた睫毛の下でいたずらっぽい目つきになった。「もっとも、つぶされてなにも言えないでしょうけど」

ボウは忍び笑いした。「それじゃあ役に立たないな」彼の笑みはしだいに薄れた。自分の無神経な軽口が胸に刺さり、笑う気になれなかった。ぼくはケイトがほかの行きずりの女たちのひとりであるかのように、冗談でごまかしている。だが彼女はほかの女たちとは違う。ケイトは大切に慈しみ、守るべき女性だ。その役目をぼくはまともにこなせていないが。ボウは苦い気持ちで考えながら起きあがると、岸から冷たい泉のなかへすべりこんだ。「冷たい水でちょっと頭を冷やす必要がありそうだ」ぶっきらぼうに言う。「最初にこうしておけばよかったよ」ボウは泉の中央めざして素早く泳いでいった。

ケイトも起きあがり、あっけにとられてボウの姿を目で追っていた。ボウが機嫌を損ねているのは明らかだ。いままで笑っていたと思っていたら、急に不機嫌になり、まったくわけがわからない。どうしてそんなに急に不機嫌になったのだろう。ケイトはふと冷たい感覚に襲われた。妊娠。ボウはわたしが妊娠して、彼に責任を求めるのを恐れているのだ。突然心を閉ざしてそっけなくなった理由は、それしか考えられない。

ケイトも泉に入った。陽射しにほてった体で急に氷のような水に浸ったにもかかわらず、水の冷たさはまるで感じなかった。愛の交わりの結果をまるで考えていなかったけれど、かりに知っていたとしても、不安は感じなかっただろう。父親がいなくても、わたしのように愛されずに育つとはかぎらない。もしわたしに赤ちゃんができたら、きっと大切に育てて、たっぷりと愛を注ぐだろう。わたしが妊娠することを恐れたボウを責めてはいけない。わたしのことをよく知らないから、わたしが彼の援助を期待するつもりがないことがわからないのだ。それでもやはり冷たく心が沈み、拒絶されたことを忘れられるまでボウと顔を合わせたくないと思った。

ケイトは岸に上がり、手早く体を拭いて白いガウンを着ると、ふり返りもしないでツリー・ハウスのほうへさっさと歩きだした。

いつものジーンズをはいて、白いコットンのシャツのボタンを留めていると、ボウがドアから入ってきた。洗いたてでまだ濡れているカットオフジーンズをはいている。不機嫌な顔つきで、彼はドアを閉めた。「どうして帰るって言ってくれなかったんだ？　気がついたらきみの姿がなかったから、心配したんだぞ」

「うろうろしていてもしかたがないと思ったから」ケイトはシャツの袖を肘までまくりながら、静かな口調で答えた。「そろそろ服を着て出かけなきゃならなかったし、あなたのじゃまをしたくなかったの」まだ湿ってカールした髪を無造作にかきあげる。「すぐに戻るわ。ここじゃ、なんにもすることがないと思うけど。わたしの本が、もうひとつのチェストに入っているから、見たければどうぞ。お腹がすいたら、ハムとオレンジジュースもそこに入ってるわ」

「出かけるって」ボウは険悪な顔つきで問い返した。「ぼくを置いて、いったいどこへ行くつもりかきいてもいいか？」

「飛行機を確認してくるのよ。ふたりで行く必要はないでしょう。隠し場所はすぐ近くだし、一時間以内に戻ってくるわ」

ケイトの冷静な発言にもボウはまったくひるまなかった。「ぼくも一緒に行く」不機嫌に言う。「ぼくたちふたりはチームだとはっきり話しあったはずだ」

ケイトはボウの目を避けてテニスシューズを履き、かがんでひもを結んだ。「はっきり話しあったことなんて、ひとつでもあるかしら？　わたしに対してあなたが責任を感じる必要は、これっぽっちもないのよ」ケイトは立ちあがり、まっすぐにボウを見返した。「自分の面倒は自分で見られるわ。ずっとそうしてきたんだし、いまさら人の世話になろうとは思わない」意味深長に口をつぐむ。「どんな理由があろうとね」ボウが口汚くののしったので、ケイトは驚いて目を丸くした。今度はなんで怒っているのかしら？　面倒をかけるつもりはないと伝えたら、ほっとすると思ったのに。きっとまだ理解できないのだろう。「わたしたちは取り引きをした。だからどんな結果になろうと、取り引きの一部として引き受けるつもりよ」

「おい、頼むからもう黙ってくれ！」ボウはかみつくように言った。「あんなばかばかしい取り引きと、ぼくたちのことは無関係だ。あれはチャラにしたはずだろう。ぼくをいったいどういう男だと思っているんだ？　ぼくが契約した女性はまぼろしだった。きみはずっと虐げられた人生を送ってきた。ぼくがそのまま放っておくとでも思っているなら、きみは頭がどうかしているぞ」ボウは髪をかきむしり、金色がかった髪がひとすじ額にこぼれた。「それでいま、きみがほのめかしているのは、きみがぼくの子を宿したとしても、知らんふりして立ち去ってかまわないってことだろう。たいした殉教者だ。このジャングルにライオンがいなくて残念だな、いたら極悪人のぼくがきみを投げこんでやるのに」

「そんなに怒ることないでしょう。わたしはただ自分の考えを伝えただけなのに」

「きみの考えていることなんかお見通しだよ。理不尽な目にばかり遭わされてきたせいで、ぼくも同じことをすると思っているんだろう?」ボウは口元をこわばらせた。「きみの自虐趣味を満足させるつもりはないからな。きみがなんと言おうが、きみの面倒はぼくが見る」大きく深呼吸をしてつづける。「いまさら妊娠の可能性をなくすことはできないが、今後はいっさいきみに手を触れないようにするよ」

ケイトはあまりにも傷ついて、気分が悪くなりそうだった。「そんな必要はないのに」心が麻痺《まひ》したようになりながらつぶやく。「取り引きで——」

「取り引きなんかくそ食らえだ」ボウは言葉を荒らげた。「ちゃんと聞いてくれ。どんな取り引きもしていないし、昨夜と今朝のことも存在しなかった。この島からきみを連れだしたら、アメリカへ戻って、コネティカットの友人夫妻の家にきみを預けるつもりだ。ダニーとアンソニーは、きみの面倒をしっかり見てくれるだろう」眉根を寄せて考えこむ。「きみが大学へ入れるように、家庭教師を雇おう。週末には戻ってこられるように、なるべく近くの大学を選ばないとな。きみもブライアークリフをきっと気に入るぞ。ダニーは大歓迎してくれるだろう」

「ダニーって？」ケイトはとまどって問い返した。

「ダニー・マリク。昔からの友人だ。ぼくが六年間コーチを務めて、彼女はついに一昨年のオリンピックでフィギュア・スケートの金メダルを獲ったんだ」

「前に話していた女性の友だちね」ケイトは嫉妬に胸を刺されながら言った。「きっとその人のことをとても大切に思っていたんでしょうね」

「彼女とアンソニーはぼくの親友だ」ボウはあっさりと答えた。「あのふたりならきみの面倒を完璧に見てくれるよ。ダニーとアンソニーは毎年ほんの二カ月くらいアイス・ショーのツアーに出かけるだけで、ほとんどブライアークリフで過ごすからね。きみに必要な安定した生活としては理想的だ」

「ちょっと待って」ケイトは手を上げてボウの言葉をさえぎった。「なんのことかさっぱりわからないわ。壮大な計画を立てているようだけど、あなたはどこへ行くつもりなの？」

「なるべく近くにいるよ」ボウはあいまいに答えた。「少なくとも、ちゃんと結果を確かめるまでは――」

「わたしが妊娠していないことをね」ケイトはにべもなく言葉をついだ。「お優しいこと」胸の震えをごまかすために腕を組んだ。「あなたの寛大さに感謝しなきゃいけないんでしょうね。でもどうか気を悪くしないでもらいたいんだけど、わたしはけっこうよ。あなたからどんな施しも受けるつもりはないわ」ケイトはボウの脇を通りすぎてドアを出ようとした。

「わかりあえたところで、わたしはもう――」

ボウはケイトの肩をつかんでゆさぶった。「わかりあえてなんかいないし、話がつくまではどこへも行かせないぞ。いままでさんざんそうやって関係を壊してきたんだ、今度は絶対にゆずるものか」ボウは燃えるような激しいまなざしでケイトを見つめた。「いいだろう、きみをブライアークリフに落ち着かせたら、ぼくはもうそばをうろつかない。ぼくがどんなにきみを欲しがっているか、わかるか？　きみに触れ、愛撫し、なかに入りたい。泉でしたように順番は逆でもいいさ。ぼくはガキじゃないと言ったが、そのとおりのふるまいをしている。ぼくがどれだけ自分を抑えられると思う？　もしすぐ近くで暮らしていたら、毎週末のようにきみを最寄りのモーテルに連れこんでしまうだろう」ボウはケイトを乱暴に抱き寄せて腰を押しつけ、興奮のあかしを感じさせた。「まったく、ぼくを見てみろ！　触れないと言ったそばから、きみをマットレスに押し倒して、四十分前のつづきをしようとしているんだからな。プラトニックな友情以外のものをきみに求めるのは不当だとわかっているのに」

「そうかしら？　あなたが提案するわたしの処遇より、そのほうがよっぽどフェアだと思うけど」ケイトはボウの目をまっすぐに見返して言った。「それにわたしが受け入れられる条件もそれだけよ。あなたのおこぼれをもらう哀れな孤児にならなくてすむもの。お金と引き替えに、あなたの欲しいものをあげるわけだから」苦い微笑みを浮かべる。「もう一度取り引きする？　最初とは違って、あなたはもう商品を味見してしまったけれど」

ボウはケイトの肩をきつくつかんだ。「黙ってくれないか」歯ぎしりしながら言う。「自分を売春婦みたいに言うな。きみを愛人にするつもりなんかないぞ。どのみち独立心旺盛なきみは、どんな援助も受けようとしないだろうからな」

「あなたの言うとおりよ」ケイトははっきりと告げた。「でもそれはわたしがそう選択するから。わたしの将来は自分で選ぶもので、あなたが決めることじゃない」ボウの手から逃れて言う。「あなたは綿密に計画を立てた。大学、安定した暮らし、親切な友人夫妻。でもわたしに相談しようとは思わなかったの？　もちろん大学へ行きたい。新しい知識を学ぶのはわくわくすることだし、大好きな本に囲まれた学生生活にも憧れるわ」ケイトは毅然《きぜん》として顎をもたげた。「でもあなたが思っているほど、わたしはばかじゃないのよ。たしかに正規の教育は受けていないけれど、働いてちゃんと勉強もしてきたわ」

「わかっているさ」ボウはうめくように答えた。やれやれ、今度は傷つけてしまった。どうしてふさわしい言いかたができないんだ？「きみはぼくの知るほとんどの大卒の人間より教養が高い。だが学校で学ぶのは知識だけじゃないんだ。ダンスパーティーやアメリカンフットボールの試合や講義や——」ボウは言葉をなくして黙りこんだ。自分がどうでもいいと感じていることを、どうやって彼女に楽しいと納得させられるだろう？　しかしケイトにとっては楽しいかもしれない。学生生活を謳歌《おうか》する資格が彼女にはある。それを味わわせてやるのはぼくの義務だ。義務。まったく、二年前にダニーとアンソニーのもとを去って以来、責任だの義務だのについて考えたこともなかったというのに。しかし不思議とちっとも不愉快ではなかった。ケイトに対する義務であるなら、むしろ喜びと言えるかも知れない。

ケイトはさっぱり理解できずにボウを見つめていた。ダンスパーティーにアメフトの試合？　まるで外国語を話されているみたい。どうしてそれがわたしと関係があるのかしら？　遊びに釣られる子どもとは違うのに。でもボウはわたしをそういう目で見ているのだ。おこぼれをもらう哀れな孤児と言ったのは、あながちはずれでもなかったわけだ。ボウはわたしに性欲を抱いているけれど、同情のほうが優先するようだ。ケイトの胸にゆっくりと怒りの炎が燃えだした。なにがあろうと、哀れみをかけられるのだけは我慢ならない。

「おことわりします」ケイトは礼儀正しい少女のようにはっきりと答えた。「そういう生活にはまったく興味が湧かないの」

「試してみなきゃわからないだろう？」ボウは声を荒らげて言った。「世の中にはきみの知らないさまざまな経験が待っている。きみはなにも書かれていない黒板と同じなんだ」

「がっかりさせて申しわけないけど、わたしの黒板にはちゃんと書かれているわ。修道院で暮らしていたわけじゃないのよ。ある意味では知識は乏しいかもしれないけど、あなたに負けないくらいの経験はちゃんと積んでいるわ」ケイトはドアを開け、涙で目を光らせてボウをふり返った。「取り引きはなしよ。面倒を見たければほかのかわいそうな孤児を探すのね」そう言い捨てて、素早く梯子をおりた。

ボウが出てきて大声で呼ぶのが聞こえたが、ケイトは足を止めなかった。「ケイト！」もう金輪際、言い争いはこりごりだ。ボウの前では絶対に泣くものか。彼の思う、掃きだめのような生活から救いだしてやるべき孤児というわたしのイメージを、ますます強めるだけだ。わたしは犠牲者でも哀れみの対象でもないわ。

ボウはケイトを追いかけて梯子に足をかけたが、彼女はもうすでに地面に着いていた。下におりる頃には、彼女はジャングルのなかに姿を消していた。

7

セスナは無事だった。デスパルドの部下に見つかると本気で心配していたわけではない。緑とベージュの防水シートをかぶせて森の端に隠してあるので、完璧に風景に溶けこみ、空から見つかることはまずない。ジャングルをしらみつぶしに探せば見つかるが、デスパルドの都会慣れした部下たちはそういうサバイバルには向いていない。それでも、無事とわかってほっとした。タイヤの空気が抜けていないかどうか確かめ、翼が隠れるように防水シートをしっかりとかぶせ直していると、背後で陽気な声がした。

「同時に同じことを考えついたみたいだな。出発の準備はできたのかい?」

ケイトはぱっとふり向いた。「ジュリオ! ここでなにをしてるの? 落ちあうのは今日の夕方っていう話だったでしょ」

ジュリオは肩をすくめた。「コンスエロが背徳の街のお楽しみを味わいたいって言うんで、今朝行く代わりに昨日の晩、マリバへ行ったんだ」黒い瞳をいたずらっぽく輝かせる。「夜の街よりおれのゴージャスな体を堪能するほうがいいだろって言ったんだけど、彼女は両方味わいたいってさ。欲張りなレディなのさ」ジュリオは防水シートをかぶせ直すのを手伝いながら言った。「だから港の近くのホテルに泊まって、おれは酒場を何軒か梯子して情報を仕入れてきた。今朝、コンスエロを家まで送り届けてから、彼女の兄貴のバイクを借りてここへ来たんだ」

「それで？」

「〈サーチャー号〉は押収された。桟橋につながれて、見張りがふたりいる」

「乗組員はどうなったの？」

「シーファートとほかの船員たちは〈ブラック・ドラゴン亭〉に軟禁されている」ジュリオはにやついて言った。「ずいぶんと開放的な軟禁処分だっていう話だよ。役人たちはデスパルドを満足させるためとはいえ、世界に名だたるラントリー・グループの怒りを買ってはまずいと思っているんだろう。最高級のジャマイカ産のラム酒と、ベッドを温めてくれるアルバレスの店でも選《え》りすぐりの女の子たちが提供されているらしいぜ。カステラーノでの軟禁生活をできるだけ楽しんでもらおうって魂胆なんだろう。噂《うわさ》ではかなり長びくそうだよ」

「どうして？」

「デスパルドが猛烈に怒り狂ってるんだ。マリバの連中はみんな、きみがヤクを燃やしちまったことを知ってるよ」ジュリオはかぶりをふった。「大損させられた上に、コケにされたんだから、怒り狂うのもあたりまえだけど。シーファートを監禁させてせめてもの体面を保たないと、示しがつかないんだろうな」

ケイトは唇をかみしめた。「どれぐらいかしら?」

ジュリオは肩をすくめた。「さあね」彼は大きな手でケイトの肩を抱いてなぐさめた。「そんなに心配しなくても、じゅうぶんな娯楽を提供されているってさっきも言っただろう」

「自由をのぞいてはね」ケイトは真剣なまなざしで言った。どんな娯楽を与えられようと、ダニエルにとって監禁は耐えがたいことに違いない。砂漠での体験のあとでは、たとえどんなにゆるい処置だろうと、閉じこめられることに精神的なトラウマを感じるはずだ。「わたしたちを助けたせいで、あの人たちが苦しめられるなんて間違っているわ」

ジュリオは身を硬くした。「でもひどい拷問を受けているわけでもないだろ、ケイト」彼は言った。「それにおれたちじゃ、どうすることもできないよ。彼らが軟禁されている部屋の外には、武器を持った見張りがふたりもいるんだぜ」

「ずいぶん詳しいのね」ケイトは苦笑いして言った。「それ全部、酒場で仕入れたの?」

「やるからには徹底してやらないとな」ジュリオは答えた。「きみを説得してばかな真似をやめさせるだけのじゅうぶんな情報を仕入れておかないと。きみのことはよくわかっている

ケイトは考えながらきき返した。

ジュリオがうなずく。「それにもし船員たちを宿屋から逃がせたとしても、ここまで連れてくるあいだに絶対またつかまってしまうよ」

「そうね、ここまで連れてきて飛行機に乗せるのは無理かもしれない」ケイトは考えながらうなずいた。「船を奪うしかないでしょうね」

ジュリオは目を閉じた。「なんてこった、きみがそれを考えつくことを、どうしておれは予想できなかったんだ？」おそるおそる目を開け、首をふる。「ケイト、船をハイジャックして港を出たりしたら、間違いなく攻撃されるぞ。カステラーノの領海を出る前に拿捕《だほ》されて、海賊行為どころかありとあらゆるえん罪を着せられちまうよ」

「逮捕されたら最悪でしょうね」ケイトは深刻な表情で言った。「知ってのとおり、ここでは女性の囚人はひどい扱いをされるから」

「そうだよ。絶対につかまるような危険を冒したらだめだ。なあ、ケイト、ラントリーをサンタ・イザベラへ飛行機で連れていって、あの男の金の力でシーファートや船員たちを解放させれば、それですむことじゃないか？」

ケイトは首をふった。「それじゃ、いつになるかわからないわ。彼らを解放できるチャンスが少しでもあるなら、マリバに残していくわけにはいかない。あの人たちがつかまったのは、わたしのせいなんだもの」

「なんでもかんでもひとりで背負いこむのは無理だよ、ケイト」ジュリオは黒い瞳に優しさを浮かべて言った。「自分にできることを選ばないと。シーファートたちを助けだしに行くとしたら、セスナを置いていかなきゃならない。ジェフリーに新しいスタートを切らしてやることより、船員たちを救いだすことのほうが大事なのかい？」

「もちろん違うわ」ケイトは急いで言った。「どっちも可能な方法を考えるのよ」

ジュリオは苛立ちとあきらめの入り混じった表情でケイトを見た。「そりゃあ、簡単だよな」皮肉をこめて言う。「ついでに、コカインの隠し場所もまたいくつか見つけて、火をつけるかい？」

ケイトはもどかしげにジュリオを見つめ返した。「ふざけないで、ジュリオ。ものすごく重大なことなんだから」

「おれもそれを言おうとしていたんだよ」ジュリオは言った。「重大すぎて、とても手が出せないようなことだ」

ケイトは緊張して唇を湿らせた。ジュリオはきっと気に入らないだろう。「二手に分かれるのがいいと思う」すかさず反対しようとするジュリオを手で制してつづける。「それが唯一の合理的な方法よ、ジュリオ。わたしはマリバへ行って、なんとかして船長と乗組員たちをカステラーノから逃がすから、あなたはボウと飛行機でサンタ・イザベラに飛んで、ジェフリーにセスナを届けてほしいの」

「だめだ」ジュリオはにべもなくはねつけた。「きみをひとりでマリバへ行かせるわけにはいかないよ」

「お願いだからわかって」ケイトは説き伏せるように言った。「そんなに危ないことじゃないわよ」不服そうに鼻を鳴らすジュリオを無視してつづける。「コンスエロのところに行って、お兄さんのバイクを貸してくれるように頼んでみるわ」唇をかんで考えこむ。「大きめのジャンパーを着て、つばのあるヘルメットをかぶったら、うまく変装できるんじゃないかしら」

「見張りのやつらはどうするんだい？」ジュリオがたずねる。「指をぱちんと鳴らして消しちまうとか？」

「わからないけど、考えてみる。ともかくシーファート船長さえ解放できれば、船をハイジャックするのに手を貸してくれるはずよ」ケイトはにやりとして言った。「あの人、海賊の素質がありそうだもの。黒い眼帯をつけて、三日月刀をくわえている姿が目に浮かぶわ」

「そんなの、九十九パーセント成功しないよ。おれは絶対に反対だ」ジュリオは言った。

ケイトは笑みを消した。「選択の余地はないわ、ジュリオ」静かに言う。「いま言った方法でやるの。船員たちとジェフリーと、両方を救うにはこれしかないのよ」

「だめだ」ジュリオはかたくなに言った。

「するの」ケイトも同じく頑固に言う。「どうしてもいやだと言うなら、これを恩返しだと思ってちょうだい」ことさらに間を置いてつづける。「エルサルバドルの」

「ケイト、ひどいよ」ジュリオは懇願するように言った。「おれにそんなことをさせないでくれよ」

勝負はついた。ジュリオが負けを悟ったことは表情を見れば明らかだ。ほかのやりかたで説得できればよかったのだけど。ケイトは心がとがめたが、無理して笑顔を作った。「心配しないで。きっとなにもかもうまくいくわよ」

「本当かい？　おれもそんなに確信が持てればいいんだけど。今夜実行するんだね？」

ケイトはうなずいた。「待ってもしかたないし、いまなら意表を突けるかもしれない」

ジュリオは耳をふさぎたくなるほどひどいスペイン語の悪態をついた。「か弱い女性のくせに、特殊部隊を率いているみたいな言いかただな。こんなこと、間違っているよ。きみにそんな真似をゆるすなんて、おれは大ばか野郎だ」

「ゆるす？」ケイトはからかい口調で言った。「そういう男性優位的な考えは捨てさせたはずじゃなかった?」ジュリオの不安そうな表情は少しも和らがず、ケイトは良心が痛んだ。これが反対の状況だったら、やはり自分も大切な友にそんなことはさせられないだろう。

「ねえ、もしそれで少しでも気が楽になるなら、ボウをサンタ・イザベラへ送っていくのは夜まで待ってからでもいいわよ。〈サーチャー号〉に乗って海へ出られたら、船の無線で無事を知らせるわ」

「無事! いったいどういう——」

「大丈夫、なにも起こらないわよ」ケイトはジュリオをさえぎって言った。「さてと、マニュエルのバイクはどこに停《と》めてあるの?」

「コンスエロの村に向かう道の半キロほど手前の森」ジュリオはしぶしぶ教えた。「コンスエロも手を貸してくれるかもしれないから頼んでみてくれ。彼女はきみのことが気に入っているから」

「彼女に危険が及ばない範囲でそうする」ケイトはうなずいてから、ためらった。「あなたはここにいて、日が暮れてからボウをツリー・ハウスに迎えに行くほうがいいと思うわ」気まずそうに肩をすくめる。「この件については、彼もいい顔はしないだろうし」

「まともな神経の男ならそうだろうさ」ジュリオは皮肉たっぷりに応じた。「あの男はきみに弱みをつかまれていないから、脅して無謀な行為を手伝わせることはできないもんな。彼はきみになんの借りもないんだから」

そう、借りがあるのはわたしのほうだ。でもボウはもう、その借りを返させてはくれない。わたしを愛人にするより、里親になりたがっているのだもの。ケイトは苦い気持ちで思った。アルバレスの店で出会った皮肉屋のボウ・ラントリーがそんなふうに豹変《ひょうへん》するなんて、誰が想像できるだろう？　でも彼の乗組員たちを解放して、船を取り戻してあげれば、せめてもの埋めあわせになる。そしてわたしは彼の前から姿を消そう。

「日が暮れてからよ」ケイトはもう一度言った。「その頃には、彼もわたしを引き止めるには手遅れだとわかるでしょうから。サンタ・イザベラで落ちあうって伝えて」

ジュリオは疑うように目を細めた。「本当にそうするのかい？」

「ほかにどこへ行くって言うの？」ケイトは答えをごまかした。彼の哀れみと施しから逃れられる場所へ行こう。彼をこんなにも愛してしまった以上、哀れみの対象にしかなれないのはとても耐えられない。

「ケイト……」

ケイトはジュリオに背を向けた。「もう行かなきゃ」衝動的に引き返して、ジュリオの頬につま先立ってキスをした。「気をつけてね、ジュリオ」

「おれに言うせりふかい？」ジュリオは不機嫌に言い返し、ケイトの手を取って一緒に歩きだした。「そんなにすぐ追い払わないでくれよな。バイクのところまで送るよ。ラントリーのために借りたマニュエルの服が、荷台に縛りつけてあるからさ」ジュリオは半袖の青いシャツを情けなさそうに見おろした。ボタンが途中までしか留められずに褐色の胸があらわになっている。「おれより、あの男のほうがまだ着られそうだ」

「送ってくれてうれしいわ」ケイトはにっこりと微笑み返した。ふたりはたくさんの旅路をともにしてきた。これが最後になるかもしれないと思うと胸が痛む。ケイトはジュリオの手をぎゅっと握りしめた。「ついでだけど、カステラーノを飛び立つとき、わたしのオルゴールを持っていってくれない？」ちょっぴり声を震わせて笑う。「ほかには惜しいものはなにもないけど、あれだけは取っておきたいの。忘れないでね？」

ジュリオはうなずいた。「忘れないよ」咳払《せきばら》いして言う。「必ず無事に持っていってサンタ・イザベラできみに渡す」

ケイトはジュリオの視線をさけて無意識に足を速めた。「ええ、頼んだわ」つとめて軽い口調で返した。「サンタ・イザベラでね」

ジュリオがツリー・ハウスの梯子をゆっくりとのぼっていくと、頭上の木の踊り場に、夕陽に照らされた男の影がそびえていた。日暮れでよかった、とジュリオは思った。微動だにしないボウ・ラントリーの影は鬼気迫る雰囲気を漂わせていて、明るい陽射しの下でまともに見たいとは思えなかった。

「彼女はどこだ？」ジュリオが踊り場に立つと、ラントリーは冷たくぶっきらぼうに問いつめた。近づいてみると、ラントリーの表情も冷たく硬かった。

「無事だ」そうであるように神に祈りながら、ジュリオは短く答え、ラントリーの前に服の束を放った。「替えの服を借りてきた」ラントリーがジュリオのむきだしの胸に目を向ける。

「サイズは合わないかもしれないが、少なくとも蚊よけにはなるぜ」

「彼女はどこだ？」ボウはふたたびたずねた。ケイトが無事だとわかって心底安堵したものの、たちまち怒りが取って代わる。もし彼女がここにいたら、遠くまで遊びに出かけて帰ってこない愛しくも軽はずみなわが子を叱るように、さんざんお仕置きをしてやるのに。愛しい。そう、彼女を愛している。ケイトがジャングルに消えてしまってからの不安と焦燥のなかで、ボウはまざまざとその事実を悟った。最初の出会いからわかっていたが、彼女の身を案ずる思いがよけいな雑念をそぎ落としたのだ。「飛行機がある場所はすぐ近くだって言っていたのに、丸一日戻ってこなかったんだぞ」ボウは青緑とクリーム色の花柄のシャツに乱暴に手を通しながら言った。「ぼくが心配しているかもしれないとは、これっぽっちも思わないのか？」派手なシャツのボタンを留めて、裾をリーバイスの半ズボンに押しこみながら、声を荒らげて言う。「もちろん、ぼくが心配する理由なんかまったくないがね。デスパルドや警察や得体の知れない動物だの虫だのが、このいまいましいジャングルにはうようよしているってだけのことだからな。ところで、このエデンの園にタランチュラはいるのか？」ケイトの美しくすべすべした肌を、あの毛深い毒のある怪物が這うところを想像すると、身の毛もよだつ思いがした。

「おれは一度も見たことないよ」ジュリオは用心深く答えた。「ケイトからも見たって話は聞かないな」

「だとしても驚かないよ」履き古しのサンダルはやや小さかったが、いまは選り好みできる立場ではないとボウは自分に言い聞かせた。ストラップを留めながら不機嫌に顔を上げる。「怖いことがあっても、けっして怯えているところを見せてはいけないんだって、ケイトは言っていたからな。毒蜘蛛《どくぐも》を見ても、頭から閉めだしてしまうんだろう」

「そうかもしれない」ジュリオはうなずいた。「長年、そうせざるを得ないことばかりだったから。楽な人生じゃなかったはずだ」

ボウもそれはじゅうぶん承知しており、痛いほどのもどかしさとかつて感じたことのないほどの憤りに胸がいっぱいになった。アルコールの禁断症状と闘っているときでさえ、これほどの無力感を覚えたことはない。なにもかも与えてやりたいのに、ケイトは絶対に受け取ろうとしない。

国を持たない不安定な身分から救うためには、やはり彼女を愛人にするほかないかもしれない。あるいは結婚するか。ボウは誘惑的なその考えをはねつけようとした。いいさ、手をのばして欲しいものをつかみ取れ。逃げてほかのろくでなしの手に落ちるようなチャンスを彼女に与えるな。不当だろうがなんだろうが、彼女をがっちりとつかまえて、人生のほかの楽しみを味わう機会を奪ってしまえ。彼女は誰からもまともに遇された経験がないのだから。ぼくが最初にそうする人間になればいい。「われらの勇敢なお嬢さんはどこにいる？　まだ飛行機のところか？」

ジュリオはいかにも気まずそうに首を横にふった。「そういうわけじゃない」

ボウは表情をこわばらせた。「そういうわけじゃない、というのはどういう意味だ？」ドスのきいた低い声できき返す。

「じつは、彼女は飛行機のところにはいない」ジュリオは言いにくそうに答え、ふうっと息を吐きだした。「マリバへ行ったよ」

「マリバ」ボウは心臓が喉元までせりあがり、全身の血が凍るような心地がした。「そんなばかな。マリバへ行くなんて、ありえないだろう」

「おれもそう言ったよ」ジュリオはつらそうにうなずいた。「だけど、見てのとおり無駄だった。彼女はまさしくマリバにいる」

「わけを話せ」ボウは冷たく命じた。ちくしょう、マリバに行っただと！

ジュリオは昨夜仕入れた情報と、今朝のケイトとの話しあいについて、刻一刻と険悪になるボウの表情をつとめて見ないようにしながら語った。しかし途中からボウがさかんに口汚くののしりはじめたため、急いで話し終えた。案の定、ボウは激しい怒りをぶつけてきた。

「いったいなんで彼女を止めなかったんだ？　木に縛りつけてでもやめさせるべきだろう。彼女をみすみすデスパルドの餌食にさせたいのか？」

ジュリオは身をこわばらせた。「あんたになにがわかる？」怒りをこめて言う。「おれは彼女のことを、あんたなんかよりずっと長く知っているし、あんたには想像もつかないようないろんなことを一緒に乗り越えてきたんだ。彼女はエルサルバドルでおれの命を救ってくれた。どうしておれが彼女を行かせたと思う？」

「恩だの取り引きだの、また例のご立派なたわごとか」ボウはうんざりして言った。「ケイトが殺されなかったら天の恵みだと思わないとな。いまはお互いの感情は抜きにして、彼女をこのいまいましい島から連れだすことに集中しよう」

ジュリオは困惑して顔を曇らせた。「でもおれ、ケイトと約束して――」

「ぼくはしていない」ボウは厳しい口調でさえぎった。「ぼくがケイトをマリバに残したまま、飛行機で脱出すると思っているなら、きみの頭も彼女と同様にいかれているぞ」

「そうくると思っていたよ」ジュリオは満足そうな笑みを浮かべた。「おれもサンタ・イザベラに飛行機を届けるって言っただけで、あんたを乗せていくと約束したわけじゃない」

「賢いな。どのみち約束したところで、ぼくが守らせなかっただろうが」ボウはそっけなく言うと、なめらかな動作で立ちあがった。「急いでセスナがある場所へ案内してくれ」

「ケイトが無線で連絡してくるまで待つ手はずになっているんだけど」

「とんでもない。暗くなったらすぐに、マリバの港のできるかぎり近くまで乗せていってくれ」ボウは皮肉っぽく口元をゆがめた。「きみがケイトの言葉どおりの腕前であることを祈るよ。低空飛行をして海に飛びこむのに、激突したら困るからな」

「海に飛びこんで、岸まで泳ぐつもりかい？」ジュリオは目を丸くしてきき返した。

「ほかにいい考えがあるなら歓迎するぞ。最近、水に浸かってばかりいるから、エラが生えてきそうな気分でうんざりしているんだ」

ジュリオは首を横にふった。「マリバへ行くには、それが一番の近道だ。ケイトを助けるには、そうでもしなきゃ間に合わない」ふと顔をしかめる。「でもケイトの言うとおり、もしあんたが宿屋へ行ったら、ケイトの計画を台なしにしてしまうかもしれないぜ」

「彼女にちゃんとした計画があればな」ボウは苦い顔で言った。「ぼくが知るかぎり、ケイトはほぼ九〇パーセントその場の衝動で行動する」

「でも驚くだろうけど、それでたいていの場合、大成功するんだ」ジュリオはにやりと笑って言った。「ジェフリーがいつも、あの子には天賦《てんぷ》の才があるって言ってるよ」

そう、ケイトにはまぎれもなく天賦の才がある。生まれながらの知恵と、正直さと、愛情が。美しくまっすぐな心を持つ、最高に腹立たしい女性だ。「宿屋へは行かない」ボウは不服そうに言った。「ケイトが船員たちを助けだす可能性に賭けるよ。代わりに船をなんとかするつもりだ。見張りはふたりだと言ったな？」

ジュリオがうなずく。「おれが聞いたかぎりでは」

「そのとおりであることを祈るよ。想定外の事態はうれしくないからな」ボウは鮮やかな花柄のシャツを情けないまなざしで見おろした。「きみが用意してくれたこのど派手な服じゃ、エロール・フリン（オーストラリアの映画俳優）を気取るのは難しいな」

「マニュエルは派手な色が好きなんだ」ジュリオは気のない口調で答えた。「ああ、おれも行けたらなあ！」

「誰かが飛行機を操縦しなきゃならないし、きみがセスナで突撃死したらケイトが喜ぶと思うか？」

「わかってるさ」ジュリオはツリー・ハウスのドアを開けながら言った。「すぐに戻るよ。

ケイトに取ってくるように頼まれたものがあるんだ」

「オルゴールか？」

「あれだけは取っておきたいからって」

「思い入れがある品だからな」ボウは言った。「きみは行っていろ。ぼくが持っていく」

ジュリオは一瞬ためらったが、ボウの顔を見てゆっくりとうなずいた。「わかった。下で待っているよ」

小さな部屋はすでに暗かったが、ボウは本能的にためらうことなく籐のチェストに近づいた。回転木馬のオルゴールは沈む間際の夕陽に照らされ、淡い輝きを放っていた。誇らしげに首をそらすユニコーン、伝説上の生き物ケンタウロスの勇ましい立ち姿、可愛らしく陽気な斑模様の小さなポニー。風変わりなオルゴールは、まるでケイトを表現しているようだ。たぐいまれな美と勇敢さ、そして……

かがんでオルゴールを細心の注意を払って手に取りながら、ボウは切なさに喉が締めつけられる心地がした。これだけは取っておきたい、と彼女はジュリオに言った。ぼくを残して、この宝物だけ持っていかせるわけにはいかないぞ。今後は、どこへ行くにもぼくが一緒だということを、彼女にわからせてやらねば。フェアな精神なんぞくそ食らえだ。もう二度と、こんな危険な目に遭わせるものか。ケイトが〈サーチャー号〉へ到着するのをじっと待つのは、八つ裂きにされるほど苦しいに違いない。真夜中まで待って来なかったら、宿屋へ行く。そのあとはもう絶対に、彼女から目を離しはしないぞ。

ボウはオルゴールをそっと抱えると、ドアへ急いだ。

8

「どうやって見張りを片づけたのか、教えてくれるか？」宿屋の先の角を急いで曲がろうとするケイトに追いつきながら、ダニエルは問いつめた。「きみが宿の部屋の鍵を開けてくれたときは猛烈にうれしかったが、どうしても知りたくてね」

ケイトは心配そうに後ろをふり返った。船長は六人の船員たちに、怪しまれないように二手に分かれて半ブロックずつ間隔を開けてついてくるように命じていた。大丈夫、みんな、ついてきているわ。

「友だちのコンスエロのおかげよ」ケイトはにやりとして言った。「亡くなった旦那さんの古い鎮静剤が残っていたから、それをワインの瓶に入れて、デスパルドからの差し入れだって言って届けてもらったの」ケイトはちょっと顔をしかめてみせた。「まだ効き目があるかどうか、心配だけど。二年以上も前のものだから」

「効き目は残っていたようだな」ダニエルが笑うと、ひげ面のなかで白い歯が光った。「やつらを部屋に引きずりこんだときは、生まれたての赤ん坊みたいにすやすや眠っていたよ」ふいに笑みを消す。「しかしそんなに古い薬なら、あまり長続きはしないかもしれない。やつらが目を覚まして騒ぎだす前に、〈サーチャー号〉を奪い返してカステラーノを離れられるといいんだが」

「あと一ブロックで、船が停めてある桟橋に着くわ」ケイトは言った。ふたりは闇にまぎれて道を急いだ。「この変装、もう脱いでも大丈夫かしら？」

「そいつは変装なのかい？」ダニエルは、ケイトの真っ赤なつば付きのヘルメットと膝まであるぶかぶかの白いジャンパーをしげしげと見ながら、おかしそうに笑みを浮かべた。「たしかに変わった格好だ。火星人の侵略者とカーネル・サンダースのかけあわせみたいだ」

「カーネル・サンダース？」ケイトは一瞬不思議そうな顔をしたが、すぐに肩をすくめて受け流した。「変かもしれないけど、少なくとも正体はばれずにすむでしょ。こんなおかしな格好をしていたら、誰も脅威には感じないもの」

「たしかに」ダニエルはおかしそうに言った。「あえて目立つことで、敵の裏をかく作戦だな」突然、含み笑いをはじめる。「クランシー・ドナヒューに見せたいよ。きみは史上最高に風変わりな覆面エージェントになるだろう」

「認めてもらえないってこと？」

「そうは言っていないさ」ダニエルは言った。「外見がどんなに奇抜だろうと関係ない、クランシーが評価するのは有能さだ。きみは間違いなく当てはまるよ」

「よかったわ」ケイトはまじめくさって言った。

「ああ、そうとも」ダニエルがうなずく。「きみにはそういう方面の才能があるようだ。その点では、ボウも同じだな。あいつがとんでもない立ちまわりをやってのけるのを、何度も見てきた」ダニエルはケイトを見つめた。「そう言えば、ボウはどこだい?」

ケイトはあわてて目をそらした。「サンタ・イザベラへ向かったわ」なにげない口調で言う。「あなたがつかまったのはわたしのせいだから、助けだす責任があった。でも彼を巻きこまないことにしたの」

ダニエルは低く口笛を鳴らした。「ボウに知らせないで、ここへ来たってことか? あいつが守護神のドラゴンみたいにきみに貼りついていないから、おかしいと思っていたんだ」信じがたいと言いたげに首をふる。「きみに好きなようにさせて、あいつがひとりで空のかなたへ飛んでいくなんて信じられない」

「でもべつにそうしちゃいけない理由はないでしょう」ケイトはダニエルから目をそらしたまま言った。「だって、わたしとはなんの関係もないんだし」

「あいつが船から海に飛びこんで、忠実な家来のイルカよろしくきみを追いかけていくのを見ていなければ、おれもそう信じたかもしれない」ダニエルは突然、にやっと笑った。「かんかんに怒りながら、まっしぐらに飛びこんだんだぜ。ボウがああいう行動を取るのは、強い関心のある相手に対してだけだ」

「そうなの?」ケイトはかすれた声で問い返した。「でもわからないわ。赤の他人も同然なのに」それは本当だ、と強く自分に言い聞かせる。彼は赤の他人。他人であれば別れるのも簡単だ。もっとも深い部分で身も心も結びついたように感じるこの常軌を逸した思いも、いずれ時間とともに消えていくだろう。ああ、そうでないと困るわ。

「ボウにそう言ってみな」ダニエルは疑わしげに眉を上げた。「あいつはきみとの関係をまったく違う目で見ているとおれは思うね」ダニエルはふいにケイトの腕をつかんだ。「船があそこにある」プレハブの倉庫の陰にケイトを引きこみながら言う。「見張りがふたりだけっていうジュリオの話が本当だといいが」

「どうするの?」ケイトは百メートルほど先に停泊している船を見つめながらたずねた。夜の月明かりのなかで、無人の幽霊船のように見える。優美に風にはためいていた帆は、眠っているカモメの翼のようにたたまれていた。「誰もいないみたい」

「なんてこった!」

ケイトは驚いてダニエルの苦りきった顔を見た。

「何者かがすでに船に乗っているぞ。補助エンジンがかかっている」

「でもどうして見張りがそんなことを？」

「酔っぱらって、船をひとっ走りさせる気になったのかもしれない。だとしても驚かないが。宿屋でも、やつらはラム酒を水みたいにがぶ飲みしていたからな」

「カステラーノではべつに珍しくもないわ」ケイトは心ここにあらずの様子で言った。「カリブ海ではラム酒のほうが水よりもうんと安いの」

「おれの船をやつらの好きにさせてたまるか」ダニエルは通りに出て、あとから離れてついてくる船員たちに威厳たっぷりに手招きした。「きみはここにいろ」ケイトに告げる。「やつらが船を出してなにかに激突させる前に止めなきゃならない。できれば大勢で突進するより、静かに忍びこむほうがいい」ダニエルは肩をすくめた。「いきなり攻めこんでふいを突くのも効果的だが」

「ここでじっと待っているなんていやよ」ケイトは憤然と言った。「わたしは――」

しかしダニエルは耳を貸さず、合流した船員たちをしたがえて、船へ向かって走りだしていた。わたしを置いてけぼりにして、自分が指揮を執るなんて、どういうつもり？　マリバから彼らを逃がすのはわたしの責任なのに。ケイトは急いで追いつくと、ダニエルと並んで船の歩み板を渡りはじめた。

ダニエルはあからさまに不服そうな視線を投げかけた。「船をおりろ」声をひそめてケイトに警告する。「きみは自分の務めを果たした。しかしそういう運はそうそう続かないものだ。きみに万一のことがあったら、おれはボウに素手で絞め殺されちまう」

「それはどうかな」ボウがマストの影から現われて、苦々しげに言った。「いま、ぼくが首を絞めてやりたいのは、そこにいるぼくらの可愛いケイトのほうだよ」

ダニエル率いる一団は急停止した。

「ボウ！」ケイトは信じられない気持ちで叫んだ。「どうしてあなたがここにいるの？」

ダニエルが笑いだす。「おまえが引きさがって見ているわけがないと思っていたよ。見張りのやつらはどうした？」

「縛って、下の乗組員室に閉じこめてある」ボウは悠然と答えた。「やつらを船から運びだして、その辺の路地に捨ててきてくれ。略奪行為に加えて、誘拐罪まで着せられたくないからな。ぼくの忍びこみかたはもっと優雅だったぞ。海から錨《いかり》の鎖を伝ってのぼったのさ。おまえたちみたいに、革命軍のアジトに乗りこむ海軍よろしくどかどか歩み板を渡ったりしなかった」軽蔑もあらわにかぶりをふる。「元傭兵《ようへい》にしては、情けないくらいにお粗末な作戦だな」

「ジュリオと一緒にいるはずでしょう」ケイトはボウの前に進みでた。「どうして飛行機で逃げなかったの、ボウ？」

「黙るんだ、ケイト」ゆったりと言いながらも、ボウの声には険しさが感じられた。「ぼくがいま、どんなに腹を立てているかわかるか。置いてけぼりをくらって、うれしいはずがないだろう。不愉快さでは、セスナから海に飛びこむのと同程度だ」まだ濡れている髪をかきあげる。「きみと出会って以来、両生類になりかけている気がするよ」ボウは唇を引き結んだ。「なにより腹立たしかったのは、きみが宿屋でトラブルに巻きこまれてやしないかと、ここで気を揉みながら待っていなきゃならなかったことだ。この一時間というもの、気が変になりそうだったんだぞ」

「わたしが頼んだわけじゃないわ」ケイトは負けずに言い返した。「ジュリオと一緒にサンタ・イザベラへ行っているはずだったのに」

「ジュリオから聞いた」ボウは歯ぎしりしながら言った。「ぼくはジュリオのようにきみの命令にしたがうつもりはない。誰の命令であってもだ。きみもそろそろ学んだらどうだ、ケイト」

ケイトは震える息を深々と吸った。彼を怒らせるのにはもう慣れっこなのだから、辛辣な言葉をぶつけられても、胸は痛まないはずだった。

「話のじゃまをしてすまないが」ダニエルは皮肉たっぷりに割りこんで言った。「言いあいはそれぐらいにして、そろそろ出発しないか？　エンジンをかけてくれたんだろう、ボウ？」

ヘルメットをかぶったケイトの顔をにらみながら、ボウはうなずいた。「きみが来たらすぐに船を出せるように準備しておいたんだ」ふいに顔をしかめる。「その格好はいったいなんだい？　落ちこぼれの暴走族みたいだな」

「ダニエルにはカーネル・サンダースみたいだって言われたわ」ケイトは答えた。「それが誰だか――」

「変装だとさ」ダニエルはいらだたしげにさえぎった。「話がまとまったところで、出航してもよろしいでしょうかね？」

ボウは眉をつりあげた。「誰が止めた？」皮肉っぽい笑みを浮かべて言う。「ぼくになにもかも判断させるなよ。船長はおまえだぞ、ダニエル」

ダニエルはむっとして背を向けると、船員たちに号令を飛ばし、船員たちは一目散にそれぞれの持ち場へ駆けつけた。「そういうことなら職務に専念するさ」肩越しに言う。「そこのおふたりさんはじゃましないんでな！」ダニエルはつかつかと歩き去りながら、マシンガンのごとく猛烈な勢いでさらに指示を飛ばした。

ボウは皮肉たっぷりに気取って肩をすくめた。「聞いたろう？　ぼくたちは船室におりて、ダニエルを任務に専心させてやろう。きみには話がある。とっておきの話がね」

ケイトはヘルメットを脱いで、疲れたように髪を指ですいた。「どうせ前にも聞かされたことでしょう。ダニエルたちが〈サーチャー号〉を出港させるのを手伝うべきだと思うんだけど。ここまできてしくじりたくないわ」

「ぼくらはじゃまになるだけさ」ボウはケイトの肘をつかまえて、下甲板へおりる通路につづくオーク材のドアへ促した。「ダニエルは船員たちを完璧に訓練している。ぼくがわがままを言えば手伝わせてくれることもあるが、こういう一刻の猶予を争うときには、じゃまをしたりすれば投げ飛ばされてしまうよ」

ブリッジに立つ大柄でエネルギッシュな男性を見やったケイトは、じゅうぶん納得できた。いつものおどけた気さくなダニエルはすっかり影をひそめている。いまの彼は勇猛な指揮官としてのオーラを鮮やかに放っていた。「あなたの言うとおりかもしれない」

ボウがドアを開けて押さえると、ケイトはしぶしぶと階段をおりた。いまはボウと向きあいたくないのに。今夜の緊張と不安のせいですっかり力を使い果たし、疲労感だけが残っている。反対にボウは、まるで電流が通っているかのようにエネルギーにあふれている。「どれぐらいでカステラーノの領海を出られるかしら？」

「風向きがよければ三十分ぐらいだろう」ボウは船室のドアを開けて、壁のスイッチに手で触れた。「補助エンジンは通常は方向転換や入港の際に使うもので、じゅうぶんなスピードを出すだけの威力はないんだ」ドアを閉めながら言う。「だが見張りの交代要員が来てぼくらの夜逃げが発覚した場合、それだけのスピードが必要だ」

「交代要員?」ケイトは目を丸くした。もちろん、見張りの交替はあるだろう。船だけでなく、宿屋でも。「考えてもみなかったわ」

「そんなことだろうと思っていたよ」ボウはケイトの手からヘルメットを取って、チェストの上に無造作に放った。「よく考えもしないでまっしぐらに飛びこんでいくのがきみの常套《じょうとう》手段だからな」ケイトの白いジャンパーのボタンを器用にはずしていく。「いままで生き延びてこられたのが不思議でしょうがないよ」

「心配すべきことが山ほどあって、うまくいかなかったらなんて不安がっているひまもなかったわ」ケイトは弁解するように言った。「それでもどうにか……」すっかりジャンパーのボタンをはずされていることに気づいて言葉をのむ。「なにをしているの?」

「心配しないでいい。きみの服を破り取ってレイプするつもりはないから」ボウはジャンパーを脱がせながら言った。「少なくともいまのところはね。このばかげた〝変装〟とやらを脱がせたいだけさ」ヘルメットの上にジャンパーを放る。「これを見ていると、きみがいかに考えもなくばかな真似をするか、思いださずにいられないんだ」ヘルメットに押しつぶされていたケイトの短い巻き毛を撫でながら、ボウはふいに声を震わせた。「無茶なことをする大ばか者だ」

厳しい表情のボウの瞳は溶けた黄金のようで、額にかかるブロンズ色の髪は海水で湿ってこげ茶色に見えた。ケイトはふいに、愛しいわが子に母親がするように、その髪を撫でつけてあげたくなり、あわてて目をそらして自分をいましめた。彼に触れてはいけない。彼はわたしがどうしようもなく衝動的だと言うけれど、わたしはそんな危険を冒すほど愚かじゃないわ。「じゃあ、さっさと厄介払いしたら？」ケイトは無理して軽い口調で言った。

「まったくきみは鈍いな、ケイト」彼女の肩を優しくつかんだボウの手には、抑えた力が感じられた。「きみをどこへも行かせるつもりはないし、ぼくもきみから離れる気はまったくないよ。きみを厄介払いするつもりだったら、こんなひどい目に遭わされてまでなんで追いかけてくると思う？」ボウは口をひき結んだ。「ありえないだろう」

ケイトは反抗的に顎を突きだした。「わたしは自分の立場をはっきりさせたはずだけど。あなたの援助もお情けも必要ないわ。カステラーノの領海を出たら、ダニエルに頼んでわたしをどこにでも望みの場所におろして、あなたは自分の道を行けばいいわ。取り引きの条件はお互いに果たしたということで話はついたでしょう」

「そうなのかい？」ボウは不気味なほどもの柔らかな口調で言った。「きみはまだぼくらの魅力的な取り引きの条件を果たしていないと言ったらどうする？　あれはもう無効だと宣言するつもりだったが、きみに言うことを聞かせる方法がほかにないなら、まだ有効ということにしようか。ぼくが望むかぎり一緒にいると約束したのを忘れたかい？」

ケイトは悲しげにほほえんだ。「でもわたしを欲しいわけじゃないわ。里親斡旋《あっせん》でもしているつもりなんでしょう。頭を撫でて、コネティカットへ送り――」

「きみを欲しくないだって？」ボウは燃えるような金色の瞳で問い返した。「きみがぼくにどんな力を及ぼすか、言ったはずだぞ。なんでそんなふうに思いこむんだ？」みるみる表情をかげらせて言う。「くそ、もうどうなっても知るか！」

あっと思う間もなくケイトはボウの腕に抱かれ、唇に熱い焼き印を押しつけられていた。以前に示してくれた優しさはみじんもなく、激しく貪るような口づけだった。彼は舌でケイトの唇をこじ開け、甘い口のなかを探りながら、得体の知れない衝動にケイトの肩をつかむ手をこわばらせ、喉の奥で渇望のうなり声をもらした。ボウは唇を引きはがし、ケイトのこめかみの髪に顔をうずめた。もどかしげにケイトの肩を揉みしだき、耳元で荒い息をつく。「きみが欲しいよ」ケイトの髪のなかにささやく。「ぼくがハーレムを守る宦官《かんがん》だったとしても、きみはぼくを興奮させずにいられないだろう」ボウはケイトの脈打つこめかみに舌を這わせた。「きみのあのツリー・ハウスにひとり残されて、午後じゅうずっと怒り狂っていた。

きみのことを死ぬほど心配しながらも、欲情を抑えきれなかった。ぼくを包みこむきみがどんなに熱く締まっていたか、朝日のなかで金色に輝くきみの肌がどんなに美しかったか、思いださずにはいられなかった。バターのように柔らかな極上のシャモア革の手袋みたいに、ぴったりとぼくを包みこむきみの感触を」ボウは震えながら深く息をついた。「ああ、そうさ、きみが欲しいとも」

ケイトもボウが欲しかった。彼のすべてを痛いほど意識していた。引き締まった逞しい体、頬に当たるかすかに湿った青緑とクリーム色のシャツ、潮の香りと昂ぶった男性の濃いムスクの匂い。ベルベットを思わせる柔らかな低い声に耳元をくすぐられ、〈サーチャー号〉の船体を包みこむ波のうねりのように、自然で美しい原初の欲望がかきたてられる。

ケイトはボウに身を寄せた。「それならあなたと一緒にいるわ」誠実に告げる。「そうするって誓ったんだから、約束を破るわけにはいかないもの。あなたがわたしに飽きるまで、最初に約束したとおり、ずっとそばにいるわ」

「やれやれ、まいったな!」ボウの言葉には愉快さと苛立ちと、痛いほどの優しさがこもっていた。「いったいきみをどうすればいいんだろう? ぼくは論理的な人間のつもりだが、きみに関しては完全にこんがらがってばかりいる。最初に立ち戻って、ひとつだけはっきりさせておこう」ボウはケイトを少しだけ離し、両手で顔を包んだ。いつもの皮肉さはなく、まじめな表情をしている。

「よく聞いてくれ、ケイト。ぼくの正直な気持ちをはっきりとわかるように言うから。ひとつ、ぼくがきみに飽きることは絶対にありえない。ふたつ、ぼくがきみをブライアークリフへ行かせる唯一の理由は……」辺りを引き裂くようなすさまじいサイレンの音に、ボウの言葉はかき消された。

「なにがあったんだ！」ボウはケイトを放すと、船室から飛びだして階段を駆けあがった。ケイトもすぐにあとを追い、ふたり一緒にダニエルのいるブリッジの前で止まった。

甲板に出るとサイレンの音はいっそう鋭く鳴り響いて聞こえたが、幸いにも追っ手の船はそれほど近づいてはいなかった。水平線の向こうで暗い波間を照らすサーチライトの円錐《えんすい》状《じょう》の光がゆれている。大変、海軍の船だわ！

「もっと近くで鳴っているように思ったけど」ケイトは小声で言った。「水に反響して大きく聞こえたのね」

「じゅうぶん近いさ」ダニエルは苦い表情で言った。「ちくしょう、あと十分あればよかったんだが！」

「じゃあ、公海はすぐそこなんだな？」ボウは追ってくる船をにらみながら言った。

ダニエルがうなずく。「港を出てから、強い追い風が吹いていたからな」追っ手の船から目を離して、ボウのほうを見る。「どうする、またあの野郎どもに降参するか？」

ボウは首をふった。「だめだ、ケイトがいる。その危険は冒せない」不敵な笑みを浮かべてダニエルを見る。「公海まで、やつらと競争できるか？」

ダニエルは満足そうに野性的な笑顔で答えた。「見てろよ！」

切り裂くようなサイレンが鳴り響くなか、波しぶきを頬に受けながら、ボウとケイトはブリッジでダニエルを見守った。両脚を踏ん張って、両手で巧みに舵《かじ》を切るダニエルの姿は、初めて会ったときにケイトが抱いた印象のとおり、伝説の渡し守カロンのようだった。信じられないほど巧みな舵取りで右に左に航路を転じながら、月明かりに帆をはためかせて、〈サーチャー号〉は波の上を飛ぶように進んだ。ケイトは興奮に胸を躍らせずにはいられなかった。スリル満点の追いかけっこは息をのむほど爽快だ。

古代の勇壮な伝説の竜にかみつこうとする近代的な機械仕掛けのドラゴンのように、エンジン音を響かせて海軍の大型ボートが追ってきた。メガホンで止まれとスペイン語をがなりたてる声が届くほど接近している。ダニエルは低い声で愉快そうに笑い、ふたたび舵を切った。

「怖がるべきなんでしょうね」ケイトはうわの空でつぶやいた。けれどもちっとも恐ろしくはなかった。ひたすら興奮と、三人を結びつけている頼もしい仲間意識を感じていた。「どうして撃ってこないのかしら？　これだけ近づいたら届くはずなのに」

ボウはケイトの腰にしっかりと腕をまわした。「国際問題に発展するのを恐れているんだろう。やつらの狙いは、船を押収して、ぼくらを逮捕することだ。降伏しなかった場合は、船にぶつかって故障させる魂胆だろう」

「ぶつけられるほど近づければの話だがな」ダニエルは月明かりに白い歯をきらめかせて笑った。「あんなボートより〈サーチャー号〉のほうがはるかに性能がいい。このぶんだとふり切れそうだな」

「公海までは追ってこないかしら？」ケイトはたずねた。「カステラーノは法律に忠実な国とは言えないわ」

「向こうも身の安全はわきまえているよ」ボウは言った。「国際法を犯したら、ラントリー・グループが黙っていないことは、やつらもわかっているはずだ。近頃は外交術より経済力のほうがものを言うのさ」

ボウの判断は正しかったようで、大型ボートの乗組員たちはマシンガンを抱えているにもかかわらず、攻撃してはこなかった。とはいえメガホン越しにますます怒声を張りあげる様子から、怒りをつのらせているのは明らかだ。

しかし大型ボートの動きは〈サーチャー号〉に比べてひどく鈍く、操舵手《そうだしゅ》の腕が未熟なせいで、せっかくのエンジンの勢いも無駄になっている。ダニエルはゲームを楽しむように大胆不敵に挑発し、海軍の船はまぬけにもふりまわされっぱなしだった。

ダニエルがいきなりカーブを切り、追っ手の船があわてて方向転換するのを見て、ケイトは声をあげて笑った。見あげると、ボウも愉快そうに顔をほころばせていた。

「ダニエルは闘牛士になっても稼げるだろうな」ふざけて言う。「追っ手のやつらはうれしくなさそうだが」

「だってあの人たちに向かって赤いマントをふっているようなものだもの」ケイトは笑った。「ダニエルったら完璧におもしろがっているわ。彼のあの顔を見て」

「ぼくはきみの顔を見ているほうがいい。きみもあいつに負けず劣らず楽しんでいるみたいだね」嘆かわしげに首をふる。「早くきみをコネティカットの素朴で静かな田園地方に送り届けて安心したいよ」

「もう少しだ、女王様」ダニエルは大きな手で舵を握りながら、深みのある声で愛おしげに船に語りかけた。「もうじきだぞ」

「どうしてわかるのかしら?」ケイトは好奇心に駆られてたずねた。

「あいつにはわかるのさ」ボウは言った。「なにも道具がなくても、ダニエルは自分のなかにコンパスと速度計を持っているんだ。遺伝子のなかに組みこまれているのかもな」

「向こうの船にコンパスがあるといいんだけど」ケイトは顔をしかめて言った。「簡単にはあきらめて帰りそうにないみたいだから」

ダニエルがコマンチ族の鬨《とき》の声に似た雄叫《おたけ》びをあげると、船員たちもいっせいに応じた。

ケイトは胸を躍らせた。「公海に出たの?」

「そのとおりだ、ついにやったぞ」ダニエルはまだ追いかけてくる大型ボートに向かって、愉快そうに侮蔑的なジェスチャーをしてみせた。「とっとと帰りやがれ、野郎ども! つかまらなくて残念だったたな!」

大型ボートの将校は負けを悟ったと見えて、突如としてメガホンで悪態をつきはじめた。ケイトが港の酒場でしか耳にしたことのない下卑た言葉遣いだった。

「でもまだ追ってくるわ」ケイトは心配そうに言った。

「しつこいやつらだ」ボウは言った。「そのうちあきらめるさ。負けを認めるのは誰でもうれしいことじゃないからな」

「あきらめたようには見えないけど」ケイトは言いながら、自分が震えていることに気づいて驚いた。追跡劇のさなかにあって、不敵に笑う闘牛士のダニエルを追う雄牛さながらにボートが追ってきていたときはまったく恐ろしくなかったのに。危険が去り、敵方の船は静まり返っているというのに、なぜこんなに冷たい恐怖を感じるのだろう。サイレンはすでに止み、ボートはエンジンをゆるめて〈サーチャー号〉にただついてきているだけだ。

「どうも気に入らないな」ダニエルは顔を曇らせた。「やつらをふりまわして考える隙を与えなかったときは、むしろ安心していたんだが。まずい予感がする」

「なにをすると言うの？」ケイトはたずねた。「公海に出たらなにもできないって言ってたじゃない」

「わからない」ダニエルはゆっくりと言った。「どういうつもりだろう」

ボウはケイトを抱く腕に力をこめた。「下へおりていろ、ケイト」

ケイトははっとしてボウを見あげた。「えっ？」

「つべこべ言わずに下へ行け」不吉に静まり返っているボートをにらんだまま、ボウは厳しい声で言った。「今度だけはぼくの言うとおりにするんだ！」

「でもどうして――」

突然、静まり返っていた大型ボートのエンジンがうなりをあげて、猛スピードで近づいてきた。

「ちくしょう！」ボウはケイトを抱えて甲板に突っ伏した。一瞬、左に進路を転じて迫ってくるボートが見えた。

「甲板に伏せろ！」ダニエルは怒鳴りつつみずからも身を伏せ、ふいを突かれた船員たちはあわててしたがった。

　ほぼ同時に、いっせいに弾丸の雨が降ってきた。真っ白な帆に黒い穴がいくつも空き、黒みがかった木のマストが無残に引き裂かれる。銃撃はほんの数分で止み、海軍の船はマリバの方角へ素早く去っていった。

「怪我をしたやつはいるか？」ダニエルが大声で問いかけると、大丈夫だという声があちこちから返ってきた。「腹いせに餞別《せんべつ》をくれたってわけか」ダニエルは体を起こして言った。「追いかけていって、行儀を叩きこんでやりたいところだが、どう思う、ボウ？」返事がないので、ダニエルはふり返った。「おれの言ったことを聞いて――」ボウの蒼白《そうはく》な顔を見て、ダニエルは言葉を切った。「ボウ？」

　見おろすと、ケイトがぐったりとなってボウの腕に抱かれていた。長い睫毛が頬に影を落とし、こめかみから血が流れていた。

9

「彼女が撃たれた」ボウは信じられない様子で、愕然《がくぜん》としてつぶやいた。「あいつら、ケイトを撃ちやがった！」

ダニエルは即座にふたりのそばにかがみこんだ。「撃たれたはずがない。あいつらは高い位置を狙っていた。おれたちが立っていたとしても、弾は頭上を通過していただろう。ただの威嚇射撃さ」ふと表情をこわばらせる。「返り弾が当たった可能性はあるが」

「どういう違いがあるっていうんだ」ボウは青ざめながら、金色の瞳に怒りをたぎらせてき返した。「彼女を見ろ。やつらに撃たれたんだぞ、ちくしょう！」ああ、どうすればいいんだ。額を撃たれているから、深刻に違いない。ケイトが死んでしまったら？ ちゃんと絆を結んでもいないのに、彼女を失ってしまったら、どうすればいいんだ？ あまりの恐ろしさとパニックで、ボウは気がつくと暗闇のなかで迷子になった子どものように震えていた。真っ暗闇だ。ケイトがいなければ、この世界は真っ暗闇だ。「彼女が死ぬはずがないよな、ダニエル？　ケイトを死なせたりするもんか」

　ダニエルは顔を近づけて、ケイトの傷口を注意深く観察した。「少しは落ち着けよ。呼吸は問題なさそうだ。出血はあるが、深い傷ではないようだ。飛んできた破片で切れただけだろう」ダニエルは顔をしかめた。「もっと明かりがいるな。状態を確かめるまでは、彼女を動かさないほうがいい」そばでおろおろしている船員のひとりに呼びかける。「ジム、ランタンと救急箱を持ってきてくれ」

「ケイトは死なない」ボウは悲嘆のあまり声をからして繰り返した。「彼女に与えてやるべきものが山ほどあるんだ。彼女はなにひとつ持っていなかった。彼女がぼくにとってどれほど大切な存在か、教えてあげなきゃならないんだ」

　ダニエルは優しいまなざしになった。「金ですべてが買えるわけじゃないんだぞ、ボウ。ケイトはおまえの援助を拒むだろう。独立心旺盛だからな」

「でも受け取ってもらわなきゃならない」ボウはケイトの耳の後ろにそっと髪をかきあげてやりながら言った。「ケイトにあげられないなら、財産などなんの意味がある？　ぼくは生まれて以来ずっと、親切ごかしの親戚たちや見せかけの友人たちが、資産の分け前にあずかろうと熾烈《しれつ》な争いを繰り返すなかで生きてきた。金はぼくが心底望むものをなにひとつもたらさなかったが、いまようやくそれが叶う。そのおかげでケイトに安全で快適な人生を与えてやれるんだ」ボウは咳払いした。「そして幸せを。そうさ、ケイトを幸せにしてあげたいんだよ」

「金でケイトが幸せになれるとどうしてわかる？　おまえ自身、そうはならなかっただろう」ダニエルは穏やかに問いかけた。「ケイトは物欲とは無縁だ」船員がそばに来て、赤十字のマークがついた青い金属の箱をダニエルに渡した。「さてと、傷口のぐあいを見てみようか。ランタンを掲げていてくれ、ジム」ダニエルは救急箱を開けて、ガーゼを取りだした。細心の注意を払い、ケイトのこめかみの血をぬぐう。やがて安堵のため息をついて顔を上げた。「大丈夫だ。ただの切り傷で、それほど深くもない。こめかみの敏感な部分に当たったから、ちょっと気を失っただけだろう。じきに目が覚めるよ」

「本当か？」ボウは張りつめた悲愴《ひそう》な顔で問いかけた。「全然動かないぞ」

「ああ、本当だ。おれは医者じゃないが、怪我に関してはかなりの経験がある」

ダニエルの目はたしかだ。ボウは安堵のあまりめまいを感じた。ケイトは助かる。「神よ、感謝します！」

ボウはまたわたしのことで怒っているんだわ。ケイトは憂鬱な気分で考えた。いつにもまして厳しい声で怒鳴っている。霞のように頭のなかがぼんやりとしていても、張りつめた弦のような彼の緊張が伝わってきた。頭がずきずきする。どうしたのかしら？　思いだそうとしても、ぼうっとしてわからなくなってしまう。そうだわ、倉庫のコカインを燃やしたときに頭を殴られたんだった。でもずいぶん前のことのような気がする。どうしてまだ痛むのだろう。違うわ。マシンガン。突如として記憶がよみがえり、ケイトは身をこわばらせた。海軍の船、追跡、つべこべ言わずに下へ行けと叫ぶボウの声、激しい弾丸の雨。

ケイトはぱっと目を開けた。「わたしが悪いんじゃないわ」

「ケイト！」

ケイトは抗議することに夢中でボウの声のかすれにも気がつかなかった。「わたしは悪くない」ケイトは言い張った。「下へ行く間《ま》もなかったのよ」怒って眉をひそめながら言う。「だからってそうしたかどうかはわからないけど。わたしに命令する権利はあなたにはないんだから」

ダニエルが忍び笑いをする。「さっきも言っただろう？　独立心旺盛だって」

「元気でさえあれば、いくらでも独立心を発揮してもらうさ」ランタンの明かりの下で、ボウは貪るようにケイトを見つめた。その愛おしげな感謝の表情を見て、ケイトははっとした。こんな顔でわたしを見つめているのだから、怒っているはずがない。「痛みはあるかい？」

ケイトは慈しみにあふれた彼の美しい顔を見つめたまま、首をふった。「いいえ、大丈夫よ。ほかのみんなは無事なの？」

ダニエルがうなずいた。「怪我人はきみひとりだ。起きあがれるかい？」

「ええ、もちろん」ケイトが肘をついて起きあがろうとすると、すぐさまボウの腕に抱き留められた。

「寝ているんだ」ボウは厳しく命じた。「彼女を動かして本当に大丈夫なのか、ダニエル？」

ダニエルは肩をすくめた。「問題ないだろう。ほんのかすり傷だから」

「じゃあ、ぼくが船室に運ぶ。ジムに救急箱を持ってきてもらえるか？」ボウはケイトを抱いたまま立ちあがり、守るようにぎゅっと抱きしめた。「今後はぼくが彼女の看護をする」

ダニエルも立ちあがり、ボウと向きあった。「これからどこへ行く？　サンタ・イザベラか？」

「決めていない」ボウは背を向けながら言った。「あとで戻ってくる。とにかくカステラーノからできるだけ遠くへ離れてくれ。彼女が無事だったことに感謝する気持ちでいっぱいで、いまは言いあいをする気力もないよ。あのいまいましい島国を二度と彼女の目に触れさせたくない」

ボウはケイトを軽々と抱いて歩いていく。柔らかなシャツに包まれた彼の胸から、ケイトの耳に鼓動が伝わってきた。こんなふうに独占欲をむきだしにして抱きしめられていると、とても繊細な壊れもののような気がしてくる。ボウの頼もしさに甘えてしまうのはあまりにたやすく、ケイトは自分の弱気をいましめた。「ひとりで歩けるわ。大丈夫だからおろして。たいした怪我じゃないんだから」

ボウは下を向いて笑った。その笑顔があまりに美しくて、ケイトは胸が熱くなった。「きみが歩けるのはわかっているが、ぼくがそうさせたくないんだ。甘やかさせてくれよ、お願いだ」

ボウがこんな笑顔を見せてくれるなら、ささやかな独立心ぐらい犠牲にしてもかまわないのではないだろうか？「いいわ」ケイトは言い、彼の頼もしい胸に頬をすり寄せた。目を閉じて安定した鼓動に耳を傾けていると、気だるい疲労感が押し寄せてくる。ボウはケイトを抱いて階段をおり、柔らかな寝台に注意深く寝かせた。器用に素早くケイトの服を脱がせて、上掛けをかける。ケイトは心地よいまどろみに引きこまれ、ドアにかすかなノックの音がして、ボウが応えるのもほとんど聞こえなかった。

ボウが額の髪を撫でつけるのをケイトは感じた。「ほら、目を覚まして。傷を手当てするまで、まだ寝かせるわけにはいかないよ」ボウが寝台に腰かけると、マットレスが沈んだ。ケイトが目を開けると、ボウが針金みたいにやせた青年から救急箱を受け取るところだった。なんていう名前だったかしら？　そう、ジムだ。船員はすぐに出ていき、ボウがあの素敵な笑みを浮かべてケイトのほうにかがみこんだ。

「ちょっとしみるかもしれない」ボウはガーゼをこめかみの傷口に当てて言った。ケイトは思わず息をのんだ。その消毒薬はひどくしみた。「くそ」ボウは心配そうに毒づいた。「すぐにすませるよ。我慢してくれ」彼は言葉どおり手際よく消毒をすませて、小さな四角い絆創《ばんそう》膏《こう》を貼ってくれた。「これでよし」ボウは救急箱のふたを閉めて言った。「さあ、寝てもいいぞ」

「いいの？」ケイトは心もとなそうにボウを見あげた。「あなたはベッドに来ないの？」

ボウは首をふった。「あとにするよ。ぼくはしばらく起きていて、きみが脳しんとうを起こしていないかどうか、確かめないと」愛おしげにケイトの髪を撫でながら言う。「どうしてこんなに心配するのか、さっぱりわからないよ。きみはものすごく頑丈な石頭の持ち主らしいのに。相当な目に遭っていても、びくともしないんだからね」

「一緒に横になればいいのに」ケイトはねだるように言った。愛おしげに抱きしめてくれる強くて優しい腕の感触に、こんなにもすぐに慣れてしまうなんて、不思議なものだ。

ボウはやはり首を横にふった。「大変な一日だったから、ぼくも疲れて、横になったら眠ってしまいそうだ。だからここに座って、きみが眠るまで見ているよ。ダニエルとあとで行き先について話しあわないといけない。夜のあいだ、何度か様子を見に寄るよ。ひとりじゃ心細いかい？」

ケイトは首をふった。「慣れているわ。ジャングルに比べたら、〈サーチャー号〉は人口が増えすぎた小さな惑星みたいなものよ」

ボウは手を握りしめた。ジャングルでひとりぼっちで過ごしてきたケイト。しかしこれからは違う。もう二度と、彼女に孤独で心細い思いはさせない。「きみの分身がジャングルの女王シーナだってことを忘れていたよ」ボウはふいに真剣なまなざしでケイトを見つめた。「ダニエルに、サンタ・イザベラへ寄ってもらうように言おうか？　旅をつづける前に、ジュリオやジェフリーに会っていきたいかい？」

「そうできればうれしいけど、あなたに任せるわ」ケイトはボウをじっと見つめ返した。「あなたが決めて」

「ああ、例の取り引きか。その話をするのはもうつくづくうんざりだ」ボウは肩をすくめた。「どのみち、もしサンタ・イザベラへ寄らなくても、使いを送ってジュリオからきみのオルゴールを預かり、次の港で受け取れるように手配するよ」

ケイトは顔を輝かせた。「あれは無事なのね？」

「もちろん無事さ。きみがあんなに大事にしている品を、ぼくがなおざりにするわけがないことぐらい、わかってもらいたいな」ボウは一瞬言葉を切ってからつづけた。「行き先はぼくが決めていいいんだね？」

ケイトは肩をすくめた。「どこだろうと変わりはないわ。カリブ海ではどの島も似たようなものだから」ふと顔を曇らせる。「忠告しておくけど、わたしはお荷物になるかもしれないわよ。身分証明書のない女性は歓迎されない港がたくさんあるから。あなたひとりで旅したほうがうんと楽よ」

「ああ、きみの存在しないパスポートか。それもなんとかしよう」ボウはケイトの手をもてあそびながら言った。「ぼくはこのお荷物がとりわけ気に入っているから、どこにも置いていくつもりはないよ」口元に笑みを浮かべる。「きみのようにジャングル育ちじゃないから、ひとりぼっちでは迷子になってしまう」

「そうかしら?」強く自信に満ちたボウが弱音を吐くのを聞いて、とろけるような優しさと息もつけないほどの希望がケイトの胸にあふれた。「あなたがひとりぼっちだったなんて意外だわ」

「生まれてこのかた、ずっとひとりぼっちだった」ボウはケイトの手から瞳に視線を移した。「だからこそきみに一緒にいてもらいたいんだ。ぼくの面倒を見ると前に約束してくれたろう? あのときはおもしろい冗談だと思ったが、いまはそうは思わない。ぼくの面倒を見てほしい、孤独から守ってほしい。いいかな?」

ああ、もちろんよ。あなたにすべてをあげたい。慈しみ、守り、愛したい。そう、なによりも愛を捧げたい。「ええ、いいわ」ケイトは静かに答えた。微笑もうとしたが、口元が震えてしまう。「それが愛人としての務めでしょう？　あなたにいろいろ手ほどきしてもらわないとね。でもわたし、物覚えはいいほうなの」

ボウは苦しげに表情をかげらせて、口を開こうとした。しかしやはり口をつぐみ、またケイトの手に視線を戻した。彼女のきれいな人さし指の爪を無意識に親指でさすりながら、ボウは言った。「それについても、いずれ話をしよう。でも今夜はだめだ。怪我をしたんだからゆっくり休まなくてはいけないよ。明日また話そう。ひとつだけ、きみに知っておいてもらいたいことがある」ボウはケイトの目を見ないままつづけた。「じつはことときみに関しては、ぼくは自分が思っているほど強い人間じゃないことがわかった。きみを守る騎士になりたいと思うなんて。あの女々しいアシュレー・ウィルクスも顔負けなくらいさ」

「アシュレー・ウィルクス？」ケイトは困惑してたずねた。

「『風と共に去りぬ』だよ」ケイトはそれでもとまどった顔をしている。「あれも見逃したのかい？」ボウはからかうように笑みを浮かべた。「古典的名作だからぜひ読んでごらん。女流作家が南部の栄華を描いた作品だ。きみの気に入りそうな印象的な場面がいくつかあるよ」ボウの笑みが消えた。「だがぼくはガラハッド（円卓の騎士）でもアシュレー・ウィルクスでもないし、ボウ・ラントリー以外の何者のふりもできない」口元をゆがめて言う。「そしてその男はひどく身勝手なやつだ。わが身を犠牲にして、騎士道精神を発揮しようとしても、もともとそういう性分じゃないのさ。わかるかい?」

「全然。なんの話をしているのかちっともわからないわ」

ボウは小声でもどかしげに悪態をついた。「きみはまったくどうしようもないほど無防備だ」怒ったように言う。「それにいまいましいくらい衝動的で、次にどんな事件に巻きこまれるかと思うと、ぼくは心配でいても立ってもいられない。きみは自分を、スーザン・B・アンソニー(社会改革家。婦人参政権や奴隷制廃止運動で活躍)とジャンヌ・ダルクを合わせたような人物のように思っているんだろうが、今夜は甲板で危うく命を落とすところだったんだぞ」ボウは髪をかきむしった。「あのときだけじゃない、いつ殺されてもおかしくないようなことばかりしているじゃないか」

「あなたもね」ケイトは言い返した。

「それとこれとはべつだ」ボウの言っていることはまるで理屈に合っていなかった。「ぼくは自分の面倒は自分で見られる」ケイトの瞳に侮辱された怒りがくすぶりはじめたのに気づいて、ボウは力なく肩をすくめた。「まいったな、またやってしまったよ。きみが自立せざるを得なかったことも、立派にそれをやり遂げてきたことも、よくわかっている」ケイトのてのひらにキスをして、ボウはつづけた。「きみは素晴らしい人だ、ケイト。ただ、きみがひとりで戦うのをぼくは脇で見ているつもりはないってことなんだ」柔らかな低い声で、切迫したように言う。「きみが頬に血を流して倒れるのを見たとき、ぼくはどうにかなってしまいそうだった。本当に恐ろしかったよ。あんなに怖い思いをしたのは生まれて初めてだ」ボウは深く息を吸いこむと、穏やかながらきっぱりした口調で言った。「もう二度とあんなことは起こさせない。女々しいウィルクスは、自分のミント・ジュレップ（バーボン・ウイスキーをベースにしたカクテル）で溺れるがいいさ」

ケイトは澄んだブルーの瞳をいぶかしげに見開いた。「あなたが自分でなにを言っているかわかっているといいけど。わたしにはなんの話かさっぱりわからないわ」

「そうだろうな」ボウはため息をついた。「自分でもなにが言いたいのか、まったくわからないよ」ケイトの手を優しく叩く。「もう忘れてくれ。明日の朝、また話そう。きみを困らせるようなことを言うべきじゃなかったよ。ぼくのせいで頭痛がひどくなってしまったかもしれないな」

「困らせてなんかいないわ」心を乱し、感激させ、希望で満たしてくれたけれど。「それに頭痛もなくなったし。いま、話がしたいわ」

「だめだ」ボウは頑固に言った。「もうおやすみ」ボウはふいに金色の瞳をいたずらっぽく輝かせた。「子守歌を歌ってあげようか？」

「本当？」ケイトは心を惹《ひ》かれてきき返した。

「とりわけ自虐的な気分のときにかぎるけどね。残念ながらぼくはひどい音痴で、獲物を追う猟犬の遠吠《とおぼ》えみたいだって、よく言われるよ。やっぱり歌よりお話にしたほうがよさそうだ。お話が聞きたいかい、お嬢ちゃん？」

「ええ、聞きたいわ」ケイトは物心がついて以来、誰かに子守歌やお話で寝かしつけてもらった覚えなどなかった。枕に心地よく頭を預けて、熱心にボウを見あげる。「どんなお話をしてくれるの、ボウ？」

「『ドクトル・ジバゴ』にしようかと思ったけど、ちょっと深刻すぎて寝物語には向かないな」ボウはケイトをしっかりと上掛けでくるみながら言った。「『風と共に去りぬ』にしようか。いいかい、お姫様？」

彼は本当にハンサムで美しい。ちょっぴり皮肉めいた温かな笑みに、ケイトは胸を締めつけられた。ああ、彼の瞳ときたら……「『風と共に去りぬ』でいいわ」

「南部の素晴らしさをきみに教えるにはちょうどいい。いいかい、はじめるよ。昔々、タラと呼ばれる壮大な農園があり、大きな屋敷には美しい令嬢が暮らしていた。その娘の名はスカーレット・オハラ――」

「アシュレー・ウィルクスっていうのは誰なの？」ケイトは口をはさんだ。

「静かに。これから話すところだ。いずれにしても彼は主人公じゃないけどね」
「意気地なしなの？」
「そうだ。さて、スカーレットは甘やかされて育った気の強い娘で、われらがウィルクスに恋心を抱いていたが、当のウィルクスはいとこのメラニーに夢中で……」

船室のドアを叩く音はとても遠慮がちだったが、ケイトはすぐに目が覚めた。あわてて飛び起きて、上掛けを顎まで引っ張りあげる。隣りの枕に目をやると、しわひとつなかった。ボウのブロンズ色の頭がそこにあると期待していたわけではない。アトランタが炎にのまれる辺りで眠りに落ちてしまったようだ。ボウが上掛けをかけ直し、おでこに蘭の花びらのような優しい口づけをしてくれたことをかすかに覚えている。すべてがとても素敵だった。ボウが皮肉交じりに語る南部の物語、深みのある彼の低いつぶやき、引き締まった顔の生き生きと移り変わる表情。本当に素敵だった。

ノックが今度はもう少し強めに繰り返された。ボウはノックなどせずに、ケイトにはもうおなじみとなった堂々とした態度でつかつかと入ってくるはずだ。夜中に何度か、ボウが約束どおり様子を見に来てくれたのを、ぼんやりと覚えている。「どうぞ」

昨晩、救急箱を届けてくれた船員が、今朝はまたべつのものを持ってきた。ナプキンのかかった皿をのせた円い盆を手に、せかせかと部屋に入ってくる。「おはようございます、ミス・ギルバート。朝食を持ってきました。残さず召しあがるようにとミスター・ラントリーより言付《ことづ》かっております」ジムはサイドテーブルに注意深く盆を置いた。「ご都合のよいときに、ミスター・ラントリーとシーファート船長に会いに甲板へいらしてほしいとのことです。昨夜、着ていらした服は洗濯しておきました。すぐに持ってきます」ジムは苦笑した。「料理の盆と一緒に運んできたくなかったんです。ものすごく不器用なんで、もう一度洗濯するはめになりそうだったので」

「洗濯をしてくれてありがとう、ジム」ケイトはにっこり笑って言った。「そんなことまでしてくれなくても、わたしが自分で洗ったのに。人に身のまわりのことをしてもらうのには慣れていないのよ」

「お安いご用ですよ」ジムは気さくに答えて、ドアのほうへ戻った。「昨晩は宿屋から助けだしてもらったんですから、ギブ・アンド・テイクってことで」

ジムが出ていくと、ケイトは寝台からおりてシーツを体にしっかりと巻きつけた。助けたなんて、とんでもないわ。皿を覆っている赤いチェックのナプキンを取りながら、ケイトは自嘲ぎみに思った。昨夜、誰も怪我をしなかったのは運がよかったとしか言いようがない。わたしは衝動的すぎるというボウの批判は正しい。でもすぎたことをくよくよしてもしかたがない。燦々と輝く太陽の光が舷窓から射しこみ、ボウが甲板でわたしを待っているのだから。いつものように、いまのこの瞬間をめいっぱい楽しもう。

ケイトは、ベーコンと卵とうっとりするほど軽くさっくりと焼きあがった手作りビスケットの朝食を食べはじめた。まるで一世紀もなにも食べていなかったような気がして、残さず食べろというボウの指示にしたがうのは苦でもなんでもなかった。考えてみれば、この二日あまり、まともな食事をしていない。一昨日、〈サーチャー号〉で朝食をとり、昨日はマリバへ行く前にコンスエロの家でシチューをちょっぴりごちそうになっただけだ。

ボウもろくに食べていないはずだから、きっとわたしと同じようにおいしい朝食を満喫したことだろう。彼の好物はどんなものかしら？　ケイトは考えをめぐらせた。わたしたちがお互いについて知るべきことはとてもたくさんある。危険な状況と激しい化学反応のようなセックスによって急速に親しくなったため、ボウについてのごく日常的なことをなにも知らないのは、とても不思議な感じがする。でもこれから知りあう時間はたっぷりとあるわ。ボウの情熱が永遠につづくとは期待していないけれど、昨晩の彼の言葉から判断するかぎり、わたしに欲望以上の感情を抱いているみたいだった。きっとわたしがすごく一生懸命頑張って、彼がいつもつきあっているような女性たちの洗練された物腰を身につけられたら、わたしの細胞すべてを満たすほどのこの愛を、彼も少しは感じてくれるかもしれない。

四十五分後、ケイトはつややかな短い髪を軽く撫でつけて、白いコットンのシャツをジーンズにきちんとたくしこんだ。バスルームの鏡に向かって顔をしかめる。たしかに清潔ではあるけれど、女らしい魅力やセクシーさは皆無だ。スカーレット・オハラというより、いとこのメラニーね。

けれども上甲板に出て、ゆったりと手すりにもたれてダニエルと話すボウの姿を見たときのケイトの心境は、おしとやかで健全なメラニーとは正反対だった。ジュリエットやエロイーズ（フランスの修道女。神学者アベラールの恋人）やグイネビア（アーサー王の妃で、騎士ランスロットの愛人）のように身も心も恋に焼かれる女そのものだった。

夜のあいだにボウは着替えたようで、ぴったりとしたベージュのジーンズをはいていた。チョコレート色のシャツの袖を肘までまくっているので、ブロンズ色の髪の輝きがより際立って見える。瞳の色は、今朝は金というより濃いはしばみ色で、黒っぽいくまができている。一睡もしなかったのだろうか？

ケイトが近づいていくと、ボウはとがめるように眉を寄せた。「絆創膏をはがしてしまったのか」

「シャワーで濡れてしまったの」せいいっぱいのおめかしもまるで効果なしね。絆創膏のことしか気がついてくれないなんて。「どっちみち絆創膏なんか貼らなくてもすぐ治るわ」ケイトはさわやかな潮風を胸いっぱいに吸いこんだ。「どんなにへこんでいても、こんな景色を見たらたちまち元気になれそう。コバルトブルーの海、サファイアブルーの空、そして太陽……」全身が歌いだすようなこの素晴らしさを表現できる言葉を探す。「ノアが世界の生まれ変わりを実感して鳩を飛ばしたのは、きっとこんな朝だったでしょうね」

ボウの不満げな表情が愉快そうに変わった。「最初はおまえをカロンにたとえて、今度はノアだとさ、ダニエル。次にメトセラ（ノアの洪水以前のユダヤの族長。九百歳以上の長寿）にたとえられたら、ひげを剃《そ》ることを真剣に考えたほうがいいぞ。おまえが見せたがっている精悍《せいかん》な男のイメージとはほど遠いようだからさ」

ダニエルはちっともおもしろくなさそうな顔で応じた。「発情期の動物のつがいを運ぶ渡し守のほうが、おまえの企《たくら》みに荷担するよりはるかにましだよ」不機嫌そうに言う。「おまけに法律違反かもしれん。おまえの望みどおりにするには、船長としてあらゆる資格を総動員することになりそうだ」

「じゃあもうひとつの計画でいくか」ボウはむっつりと答えた。「それなら少なくとも合法だ。正式な資格を持った人間をこの船に呼んで、そこがアメリカの領海内であれば……」

ケイトはあぜんとしてふたりを交互に見た。「いったいなんの話？　わたし、なにか聞き逃したに違いないわ」

「そうだぞ、ボウ、彼女にちゃんと話せよ」ダニエルは皮肉めかして言った。「ほんの少しはケイトにも関係のあることなんだから」

「黙れ、ダニエル」ボウはうなるように言った。「話をややこしくするな」深刻な顔でケイトのほうを向く。「小さな問題があるんだ。昨夜、ダニエルと話をしに甲板へ来たとき、ぼくは今後の行き先を決めなければならなかった」

「それで？」

「決めたんだ。いまはその目的地まで半日ほどの距離にいる」

「それはどこなの？」ケイトは困惑してたずねた。

「サンタ・イザベラだ」ボウはいったん口をつぐんでから言った。「最初は」

「最初？」

「それからヴァージニア州のノーフォークへ向かう」

「ヴァージニア州！」ケイトは鸚鵡《おうむ》返しに言った。「でもそれってアメリカ合衆国でしょう。わたしはパスポートがないから、移民局が入国させてくれないわ」

「ぼくはもうカリブ海をさすらうのは飽きたんだ。家に帰りたくなった」ボウは静かに告げた。「そしてきみは約束どおり、ぼくと一緒に来る」

「でもわたしは――」

「きみのパスポートは作るさ。だがそれにはきみの出生証明書がいる。だからサンタ・イザベラへ寄ることにしたんだ。きみの出生に関することや母親の居場所について、ジェフリーから知っていることを聞きだすんだ。だが書類を弁護士が届けに来るまでのあいだ、〈フライング・ダッチマン号〉（さまよえるオランダ船と呼ばれる幽霊船）みたいにカリブ海をうろついているつもりはない」

「それならわたし抜きで帰ってもらうしかないわ」ケイトは無理に微笑んで言った。

「それはありえない」ボウは静かに答えた。「すべてを可能にする方法があるんだ。ダニエルが手配してくれる」

「手配？」

「ちょうどいま、合衆国領ラニークの一キロほど沖に錨をおろしている。つまりアメリカの領海内にいるわけだ。ダニエル自身はそれを行なう資格がないから、上陸して治安判事か、あるいはそれに類する役人を〈サーチャー号〉に連れてくることになっている」ボウは大きく息をついた。「ぼくらを結婚させるために」

「結婚？」

「結婚だ」ボウはわずかに苛立った様子で答えた。「ちっともうれしくなさそうだね」

「非常に賢明なレディだ」ダニエルが促すように言った。「こんないかれた真似はやめようぜ、ボウ」顔をしかめる。「夢見る恋人たちのキューピッド役を務めたなんてことがセディカーンに知れ渡ったら、おれの評判が台なしになっちまう」

「計画は続行する」ボウは苦い顔で言った。「ぼくたちは今日、結婚するんだ。ケイトの身分証明書がないかぎり、上陸すればあらゆる問題が山積みだ。しかしぼくと結婚すれば、ケイトは自動的にアメリカ国民になり、ラントリーの名前及びラントリー・グループの庇護《ひご》下に入る。移民局の問題は残るが、ほかのいろいろな手続きははるかに簡単になる」

「ずいぶんと思いきった解決手段ね」ケイトはあっけにとられて言った。「ほかに方法はまったくないの？」

ダニエルが口を開きかけたが、ボウはにらみつけて黙らせ、口早に答えた。「ほかに方法はない。きみはぼくと約束を交わした。そしてその約束を守るにはこうするしかないんだ」

ボウは皮肉っぽく口元をゆがめた。「そんなに心配しなくてもいいさ。最近じゃ、ふつうに結婚しても二年と持たないのがあたりまえだ。永遠につづくわけじゃない」

そう、永遠につづくわけではない。ケイトは心が麻痺するような気がした。ボウが望むあいだだけ、わたしを思いどおりにするために、便宜的に夫婦となるだけなのだ。こんなふうに傷つくほうがおかしいのよ。

「よくわかるわ」ケイトは静かに言った。「ただ、あなたにとっては、いまは便利でもいずれ負担になるんじゃないかと思っただけ」

「結果がどうあれ、ぼくはめったに自分の決断を後悔したことがない」ボウはなぜか悲しげな笑みを浮かべて言った。「ぼくはそうする価値があると思っているよ、ケイト。同意してくれるね？」

「あなたがそう望むのなら」

「聞き分けがいいな」ボウは皮肉っぽく言った。「われらがケイトはそんなに従順だったかな？」

「従順なわけじゃないわ」ケイトはボウの目をまっすぐ見て言った。「ただ約束を守ろうとしているだけ」

「ぼくもだよ」ボウは表情を和らげて言った。「ケイト、覚えていてくれ。ぼくもそうだということを」

ボウの気分は一瞬ごとにめまぐるしく変わる。ケイトは困惑していた。彼は本当はわたしになにを求めているのだろう？　彼の望みに同意したにもかかわらず、皮肉屋の仮面の下には焦りと不満のエネルギーが抑えつけられているのが感じられる。

「任務開始だ、ダニエル」ボウは言った。「できるかぎり早くすませてしまいたい」肩をすくめて言う。「おまえの船室で式を行おう。一番ちょうどいい場所だ」

「だめよ！」ケイトは言った。華やかな結婚式に憧れていたわけではないが、ダニエルの船室であわただしく結婚の誓いを交わすことには、どうしても抵抗があった。ふたりが交わす誓いの言葉は、ボウにとってはなんの意味もないことかもしれないが、ケイトには大切なことであり、その言葉を口にするときは美しい風景に囲まれていたかった。「この甲板で、太陽のもとで行ないたいの」

ボウの目に理解と優しさがよぎった。「いいとも。それなら乗組員全員が証人になってくれる。ありったけの必要書類をかき集めないとな」

「急いで取りかかるよ」ダニエルは歩きだして言った。「まずおれの船室へ行って、船長の資格証と、クランシーが用意してくれたおれの立派な肩書きを記した信用証書を取ってこないと。治安判事っていうのは、おれがふだん交渉する人種とは違うからな」

ケイトは進みでて、とっさにダニエルの腕を取った。「本当にいいの、ダニエル？」

ダニエルは腕をつかまえているケイトの手から心配そうな顔へと、せわしなく視線を移した。「絶対にきみの……」ケイトの目を見てふいに口をつぐむ。しばし黙りこんだのちに、ダニエルは驚くほど優しい笑顔になって言った。「耐えてみせるさ」ケイトの手をぽんと叩く。「花婿介添人になるだけじゃなく、最大の犠牲を払うことになるだろうけどな」

「どういうこと？」

赤褐色の胸毛に覆われた逞しいむきだしの胸を見おろして、ダニエルは嘆かわしげにつぶやいた。「シャツを着るんだ」ケイトに背を向けて言う。「それ以上はなにも期待しないでくれよ。これでせいいっぱいだ！」下の甲板に通じるドアの手前で、ダニエルは急に立ちどまってふり向いた。「もうひとつあった。結婚式には指輪が必要だろう。ボウが持っていないのは知っているが、きみは持っているかい、ケイト？」

ケイトは首を横にふった。

ダニエルは右手から大きな金の指輪をはずした。「これを使えよ」ボウに投げる。「おれの幸運のお守りだから、あとで返してくれよな」

ケイトはその指輪をじっくりと見た。純金製ということをべつにしても、非常に高価な品だ。極上の職人技で、とても変わったデザインをしている。咲き誇る薔薇《ばら》の花を剣が貫いているのだ。「幸運のお守り？」

ダニエルはうなずいた。「かつて強大な権力を持つセディカーンの首長《シーク》から褒美として授かったものだ。当時は知らなかったが、それを身につけることは自動的にシークの保護下に入ることを意味する。その特別なシンボルはセディカーンのどこにいても認められる」ダニエルは口元を皮肉っぽくゆがめた。「前にきみに話した革命軍の兵士は、おれをつかまえてその指輪を売り払った。市場でそれを買った商人がシークのもとに持ちこみ、ドナヒューに指令が下った。保安部隊は指輪の出所をたどり、おれのもとに着いたというわけだ。棺桶地獄に半年も閉じこめられていたあとでは、その指輪がたんなる幸運のお守りというだけじゃなく、魔法の指輪に思えたよ」

「よくわかるわ」ケイトは言った。魔法。この結婚には、指輪がもたらす幸運だけでなく魔法も必要だ。「大事な指輪を貸してくれてありがとう、ダニエル」

「おれも光栄だ」ダニエルは階段をおりていった。


あとでふり返ってみると、ケイトは風変わりな結婚式の断片的な印象しか思いだせなかった。足元でゆれ動く船、燦々と降り注ぐ太陽、神妙な顔つきで勢揃《せいぞろ》いした船員たち。にこやかに微笑む初老の治安判事、ミスター・カルーサーズ。ダニエルはカットオフ・ジーンズの上に真っ白なシャツを着て、喉元まできっちりとボタンを留めていてちょっと可愛かった。ケイトの指にはめられたエキゾチックな金の指輪。誓いの言葉を言うボウの声は妙にかすれていた。それに応えるケイト自身の声も遠くかすかに感じられた。すべてが夢のなかの出来事のようだった。そして最後にボウがケイトのほうを向いた。

「ぼくから一言、言わせてほしい」ボウは静かに言った。「きみは知らないかもしれないが、いまは自分たちで考えた誓いの言葉を言うのが流行りなんだ。六〇年代にフラワー・チルドレン（因習的な社会に反発し、愛と平和と非暴力の象徴として花を身につけた）がはじめたのがきっかけだろう」ボウはケイトの手を取って優しく微笑んだ。「ヒッピーの習慣にしたがうなんて思いもしなかったけど、ともかく聞いてくれ」しばし口をつぐんだのちに、ボウが口にした言葉は宝石のように素晴らしく朗々と響いた。

「ぼくらのこの倦《う》み疲れた世界で、大切にすべき資質はほんのわずかだということにぼくは思いいたった。それは正直さ、忠誠心、そして愛情深く寛大な心だ。ケイト、それらのすべてをぼくはきみのなかに見いだした」ボウは溶けた黄金を思わせる瞳を燃え立たせて、ケイトの手をぎゅっと握りしめた。「ぼくはお返しに誠心誠意きみに捧げることを誓う。だがきみほどの寛大さは約束できない。その特別な資質は、値がつけられないほどたぐいまれなものであり、ぼくにはとうてい持ち得ないものかもしれない。その代わりにぼくは、きみを守る力と、長年のあいだに身につけた知識や経験と、友情を捧げる」ボウは震える息を大きく吸いこんだ。「ぼくの心からの贈り物を受け取ってくれるかい、ケイト？」

「ええ、もちろん」ケイトは感激のあまり、喉に熱いかたまりがつかえたようで、言葉を口にするのがひと苦労だった。「こんなこと、まったく予想していなかったから、なんて答えていいかわからないわ」

「なにも言わなくていい」ボウはさらりと言い、ミスター・カルーサーズのほうに向き直った。「あなたもなにも言わなくていいですよ。ただ聞いてもらいたかったんです。つづきをどうぞ」

「まだいくつか誓いの言葉が残っている」判事はぶっきらぼうに言い、両手で持った聖書に頭をさげた。

結婚の成立を告げる結びの言葉もケイトはほとんど聞いていなかった。金色の温かな光のようなボウの言葉にうっとりと浸っていた。そんなに素晴らしいことを言われたのは生まれて初めてだ。ボウがしてくれた最後の誓いのキスも、おごそかでとても美しかった。

ボウがミスター・カルーサーズに感謝の言葉を述べて、握手を交わすのをケイトはぼんやりと眺めていた。それからダニエルが船室で飲み物をふるまい、判事を陸に送り届けた。

ボウは首をふった。「ぼくたちはこれで失礼させてもらうよ。ケイトと話があるんだ」ケイトのほうを向いて言う。「ぼくの船室へ一緒に来てくれるかい？」

ケイトはぼうっとしながらうなずき、夢心地のまま、ボウに肘を支えられて船員たちと別れ、階段をおりていった。船室のドアが閉まると、ケイトはうっとりと瞳を輝かせてボウと向きあった。「わたしに話って？」

「えっ？」ボウはとまどったように問い返し、それから頭の霧を払うように首をふった。

「頼むから、そんなふうにぼくを見つめないでくれよ。ここへきみを連れてきたのは、話をするためなんだから」

「それで？」ケイトは一歩近づいて、ささやくようにたずねた。

「いまはきみを寝台に押し倒して、いけないことをしたくてたまらない」

「あなたが前にしてくれたのがいけないことだとはちっとも思わないけど」ケイトは口元をほころばせて言った。「わたしは大いに満喫したわ。今度は違うことをしてくれるのかしら？」

「もちろんさ」ボウはいたずらっぽく目をきらめかせた。「変化は人生のスパイスだからね。とりわけこのことに関しては」ボウの顔からふざけた表情が消える。「聞いてくれ。ぼくはきみの服を脱がせてすぐにもベッドに横たわりたくてたまらないが、そのためにここへ来たわけじゃないんだよ。たったいま、甲板でぼくらが結婚した理由について、話がしたかったんだ」

「もう話してくれたじゃない」ケイトはにっこりと笑いかけて、白いコットンのシャツのボタンをはずしはじめた。「ちゃんと理解しているわ。家に帰りたいからでしょ。わたしには家と呼べる場所はないけれど、故郷を懐かしむ気持ちはわかる気がする。あなたがその場所へわたしを連れていきたいのなら、わたしはそこへ行くまでのことよ」さっき彼が甲板でしてくれたように、世にも美しい誓いの言葉をささやきながら、あんな目で見つめてくれるのなら、悪魔島（南米のフランス領ギアナの島。十九世紀末にフランスの監獄が置かれた）の流刑地へだってついていくわ。「結婚を理由にあなたの弱みにつけこんだりしないから、安心して。解消したくなったらいつでもそう言ってくれれば、わたしはすぐに出ていくから」言葉にするのはとてもつらかったが、言っておかなければならない。「一緒にいるあいだもこの結婚は仮のものだということを肝に銘じておくわ。クサンチッペにはならないって約束する」

ボウの視線は、シャツを脱ぐケイトの豊かな胸の谷間に釘づけだった。「解消？　いったいどういう――」ふと言葉を切る。「クサンチッペって誰だい？」

「ソクラテスの奥さん」ケイトはブラジャーのホックと格闘しながら言った。「口やかましい悪妻で有名だったの。彼女と暮らすことで、世の中のすべての処世術を学んだとソクラテスは言ったそうよ」

「毒人参《どくにんじん》を飲んで死にたくなるのも無理はないな」ボウはうわの空で答え、ケイトがようやくホックをはずし、ストラップをおろしてブラジャーを取り去ると、息をのんだ。「きみがぼくを誘惑しようとしているように思えるんだが、気のせいかな？」

ケイトはさらに一歩近づいて、ボウの茶色いシャツのボタンをはずしはじめた。「気のせいじゃないと思うわ」いかにも無邪気に言い、あらわになった乳房をボウの胸に近づける。敏感な先端がひんやりとしたなめらかなシャツにこすれて、すぐさま熱く硬くなり、全身に興奮が広がっていく。「そのテーマの本を何冊か読んだことがあるの。女性の攻撃性がときには歓迎される場合もあるそうよ」いたずらっぽく笑ってボウを見あげる。「あなたも変化は人生のスパイスだって言ったばかりでしょ」ケイトはボウのシャツを開いて、乳房をこすりつけた。「いままではあなたが襲う側だったから、今度はわたしから仕掛けさせて」

「おいおい、まいったな」ボウは頬を赤らめてうめき、じらすように突きだされたふたつの乳首に上半身を押しつけた。「きみがウーマンリブを知らないのは、われら哀れな男どもにとって天の救いだよ、クサンチッペ」

ケイトはときおり体をこすりつけながら、苛むようにゆっくりとボウのシャツを脱がせていった。ボウの息遣いが荒くなり、喉元が激しく脈打っているのがわかる。自分が彼にこんな影響を及ぼせると思うと、とてもわくわくする。けれどもケイトはそれ以上に、めまいがするほどの快楽を彼に与えたかった。こんなにも彼のことを愛している。どうしてこれほどあっという間に彼はわたしのすべてになってしまったのだろう。じゅうぶんな悦びを与えてあげられたら、もしかして彼もわたしの愛に応えてくれるかもしれない。たとえ肉体的な交わりのときだけでも。「わたしにいけないことをして、ボウ。お願いよ」

ボウは激しく身震いした。寒さのせいではない。ケイトの肌に触れて、全身が熱く燃えている。「話すのはあとにしよう」ケイトのジーンズに包まれたヒップを抱き寄せて言う。「どっちみち、なにを話そうとしていたのか、すっかりわからなくなってしまったよ。どんなにきみがぼくという男を知らないか、どんなに不当な評価を……」ケイトの腰を引き寄せて鋼のように硬い興奮のあかしを押しつけ、ボウは大きく息を吸いこんだ。「ああ、でもきみはぼくを知っているんだったたな。聖書の意味においては。じゃあもう一度、知りあうというのはどうかな？」

もう一度知りあう。その言葉にケイトはかすかにたじろいだが、それはほんの一瞬のことだった。熱い霞に包まれて、まともに考えることができない。ボウは巧みな手つきでジーンズのファスナーをおろしていく。もうどちらが誘惑を仕掛けているのかわからなくなってしまった。「わたしの番じゃなかった？」

「一世紀たったら順番をゆずってもいいよ」ボウは欲望にかすれる声で言った。「でもぼくは寛大だから、手伝わせてあげよう」ケイトの体を放して言う。「それぞれ自分で脱いだほうが手っ取り早い」ボウはケイトのヒップをぽんと叩いた。「さあ、急いで」

ケイトはぎこちない手つきで服を脱ぎながら、スポーツマンらしい無駄のない動きで素早く服を脱ぎ去るボウを見つめずにいられなかった。泉で過ごしたあの朝以来、彼の裸身を堪能する機会は一度もなかったのだ。全身逞しく、ヒップは硬く引き締まり、腿からふくらはぎにかけてしなやかな筋肉に覆われている。ケイトはテニスシューズを脱いで、ほかの服と一緒に置くと、ほれぼれとしたまなざしでボウを眺めた。

「見事な脚ね」ケイトはうっとりと言った。「スケートをしていたおかげ？」

ボウは靴を脱ぎながら目を上げ、皮肉っぽく微笑んだ。「ありがとう。この体はスケートで鍛えられたおかげだな。ところがきみは、なにもしていないのに、そんなに見事な胸をしている」嘆かわしげに首をふって言う。「不公平だ」ボウはケイトの手を取って寝台にいざなった。「でもまあ、ちょっとした美容体操でもっと素晴らしくなれるはずだよ。試してみようか？」

「お好きなように」ケイトはいたずらっぽく伏し目がちに言った。「協力的じゃないって非難されたくないもの。すでに口やかましい女だって思われているみたいだし」

「ぼくの好きなように」ボウは低い声で繰り返した。「それはつまりきみも気に入るってことだよ、ケイト。約束する」ケイトがベッドに横たわろうとすると、ボウが腕をつかまえて引き止めた。「そうじゃないよ。今度は違うやりかたでって言ったのを忘れたのかい？」そう言うと、ベッドに腰かけてケイトを膝に引き寄せた。「べつの素晴らしくて、刺激的な方法だ」

違いならすでにある。ケイトの柔らかな体を包むボウの硬い筋肉と骨格、金色の瞳に燃え立つ炎、彼女の太腿に当たる切迫した欲望のあかし。そう、まったく違う。

「前も素晴らしくて刺激的だったわ、ボウ」ケイトは彼の胸に頭を預けて言った。激しい鼓動が耳に響いてくるが、彼女の髪を撫でる手つきはこの上なく優しい。「毎回、素敵な贈り物をもらうみたいな気分よ」

ケイトの耳元でハスキーな笑い声がした。「きみには本当に独特の表現力があるな」ボウはケイトの髪をくしゃくしゃに撫でて言った。「小さなシバの女王様。たくさんの金《きん》に値する才能だ」向かいあうようにケイトを座らせ、彼の腰の両脇に膝をつかせる。「それだけの褒美にふさわしい働きができるようにせいいっぱい努めるよ」ボウはケイトをさらに抱き寄せて、円を描くように背中を撫でた。「気持ちいいだろう?」ケイトの耳元でささやく。「こうしていると、きみのあらゆるところに触れられる」ボウは高まりの位置を調節して、ケイトの女性の中心に当たるようにした。「それにきみもぼくに触れられる」

ケイトはとっさにボウの肩をつかんだ。「ええ、とても気持ちがいいわ」あえぐように言う。気持ちがいいどころではない。こんなに無防備な気分は生まれて初めてで、体の奥が熱くずきずきと脈打っている「もっと深く触れあえないかしら」

「こんなに気持ちいいのに?」少年のようにいたずらっぽくボウが言う。「まだ美容体操のほんの序の口だよ」ボウは片手でケイトのヒップを包み、もう片方の手で肩を押して、熟れた乳房を誘惑的に突きださせるようにした。「これでいい。このままの姿勢でいてくれよ。

緊張しているかい？　どんな体操でも、緊張を保つのはとても大事なことだ」

「知らなかったわ」ケイトは弱々しく答えた。「ええ、たしかに緊張してる」その姿勢は耐えがたいくらいエロティックだった。腰のくびれの筋肉が張りつめ、太腿は無防備に広げられ、目もくらむほどセクシーなボウのまなざしは乳房に注がれている。「ボウ？」

「もっと欲しいかい？」ボウはブロンズ色の頭を腹立たしいほどゆっくりとさげて、ピンク色の胸の頂に唇が触れそうなほど近づけた。「ぼくもだよ」乳首をからかうようにそっと口に含まれ、もういっぽうの乳房をリズミカルに揉みしだかれて、ケイトは身を震わせた。

「その緊張感を保つんだ」ボウがピンクの乳輪にじらすように舌を這わせながらささやく。

「そうするとますますよくなるよ。きみにすごい快感を味わわせてあげたいんだ」

　ケイトは緊張を保とうとしたが、全身の筋肉も骨も溶岩のようにとろけそうで、それ以上はもう無理だった。ケイトはあえぎながら本能的につかまろうとしたが、手は空気をつかむだけだ。

「まだだよ」ケイトが背中をそらすと、ボウは唇と手の愛撫を速めた。「そうだ、いいぞ」低くあやすようにささやきかける。「甘くて、柔らかいケイト」ボウは胸を愛撫していた手を後ろへまわして腰のくびれを支え、もう片方の手でヒップを包んでさらに背中を弓なりにさせた。「さあ、きみが言うようにそろそろ深く触れあおうか。でもゆっくり、ゆっくりとだよ」ボウはケイトの胸を強く吸いながら、片手でヒップを少しずつ前へ引き寄せた。彼に腰をつかまれているので、ケイトは前に突きだすことができず、もどかしげに身をよじった。もう少しで熱く満たされそうなのに、なかなか近づけない。張りつめた乳房をボウは舌と歯でいたぶりつづける。どうして彼はこんなにゆっくりなの！　ケイトはボウにしがみついて、必死に迎え入れようとした。ボウがあえぐ声が聞こえ、ケイトは震える声で笑った。「ああ、いまのは素敵だよ。でももう一度やったらだめだ。こらえきれないよ」

「わたしは平気だと思うの？」ボウに背中を撫でられ、ふたたびヒップを引き寄せられながら、ケイトは目をつぶって言った。「もうこらえきれないわ！」

「大丈夫さ」ボウは唇をもう片方の乳房に移し、同じようにうやうやしく愛でた。「もうすぐだよ、ケイト」ボウは突然腰を強く突きだして、ケイトを完全に満たした。ケイトは喉の奥から満足のうめき声をもらした。「なんて可愛い声なんだ」ボウが息遣いを荒くしてささやく。「もう一度、聞かせておくれ」ボウが深く突きあげると、ケイトは切なくすすり泣くような声をあげた。

ボウはケイトの胸から顔を離し、彼女をしっかりと抱いて、こめかみの巻き毛に口づけた。「ああ、すごいよ。こんなに素晴らしいのは初めてだ。ほかの誰とも経験したことがない」ボウはケイトの背中を愛おしげに愛撫しながら、唇にキスをして舌で奥まで探った。ふいに顔を上げて、呼吸困難に陥ったかのように激しく息をつく。「きみだけだ、ケイト。きみとだけだ」

ボウはケイトの答えを待たずに、腰をつかみ、何度も深く突き立てた。ケイトは激しくあえいだ。荒々しく、甘く、熱い挿入に、頂から頂へと持ちあげられ、息もつけない。これほどまでに甘美な悦びがいつまでもつづくことが信じられなかったが、ボウは不可能を成し遂げたようだ。長い時を経てようやく歓喜の極みに達したふたりは、ぐったりと満ち足りてベッドに崩れ落ちた。

嵐のあとで虹がかかるように、眠りがふたりを包みこむ。ボウの力強い腕のなかでケイトは優しい眠りに落ちていった。ボウに抱かれて彼の安定した胸の鼓動に耳を傾けながら眠るのは素晴らしい心地だった。そのメトロノームのような静かなリズムは、軽く触れただけで荒々しく速まることをケイトは知っている。でもいまはだめ。あの魔法のような親密な交わりを楽しむ時間はまだいくらでもあることさえわかっていれば、じゅうぶんだ。甲板にいたとき、ボウは緊張してとても疲れているようだった。彼を休ませてあげなくては。ケイトは無意識にしっかりとボウに抱きついた。ゆっくり眠って、愛しい人。わたしが守っていてあげる。肩の力を抜いて、お眠りなさい。わたしがあなたを、どんな孤独からも守ってあげる

……

「ケイト、起きろ」

ケイトは目覚めていた。愛おしげに撫でる彼の手の感触を密かに楽しんでいただけだ。眠そうに目を開けると、ボウは完璧に服を着てベッドの端に腰かけていた。もう無防備な雰囲気はみじんもないが、愛おしさがこみあげてくる。それと同時に、ケイトはかすかな落胆も感じた。「わたしが世話をしてあげたかったのに」

「なんだって?」ボウはけげんそうな顔をした。「まだ寝ぼけているようだな。もうすぐサンタ・イザベラに着く。その前に話をしておきたいんだ」

ボウは見覚えのある白いバスローブをケイトに渡した。〈サーチャー号〉に初めて乗った夜に着たものだ。はるか昔のことに思える。もうサンタ・イザベラに? 思っていたより長い時間眠っていたらしい。舷窓から射しこむ陽は、長く弱々しくなっている。すでに夕方に近いようだ。

「話があるって言っていたものね」ケイトはバスローブをはおり、ベルトを結びながら、少女のようにいたずらっぽく微笑みかけた。「結局、話すひまなんてなかったけど。いつもじゃまが入るのよね。最初は海軍が追ってきて、次はわたしの怪我のせいで、その次は――」

「もう時間がないんだ」ボウがまじめな口調でさえぎり、ケイトはなんだか居心地が悪くなった。「もう選択の余地はない」ボウは憂鬱そうに微笑んだ。「時間があればどんなにいいかと思うけどね」

ケイトは不安そうに唇を湿らした。「じゃあ早く話して。聞くわ」

ボウはなにから話すべきか途方に暮れたようにケイトを見つめていたが、やがて大きくため息をついた。「遠まわしに言ってもしかたがない。移民局の予備手続きがすんだらすぐに、ぼくはきみをブライアークリフのアンソニーとダニーのもとへ送るつもりだ」

「送るって——」ケイトは驚きのあまり顔色を失い、目を見開いた。

「彼らと過ごすほうがずっときみのためにいいんだ。あのふたりなら、きみが当然享受すべきものを与えられる」ボウはケイトの左肩の辺りを見つめたまま、早口でまくしたてた。

「ふたりとも素晴らしい人だし、きみもきっとあそこの暮らしを気に入るだろう」

ケイトは呆然として首をふった。「前にもその話はしたじゃない。わたしはコネティカットへ行くつもりはないと、はっきり伝えたわ。わかってくれたと思っていたのに」

「きみは自分にとってなにが最善か、わかっていないんだ」ボウはぶっきらぼうに言った。

「いまいましい自立心のせいで、ぼくの愛人として世界をぶらつくほうがいいと思っている。まあ、いまはぼくの妻だが。きみはぼくに対して法的権利を持っているわけだが、そのいくらかの恩恵にあやからない手はないだろう?」

「そうなの？」ケイトは心が麻痺したようになりながら言った。ショックの波が引くと、痛みだけが残った。「あなたにとって都合のいいように便宜上の結婚をしただけのはずよ。わたしをブライアークリフというところに預けたら、せいせいとして気楽なひとり旅に戻るっていうこと？」

「違う！」ボウは即座に否定した。「状況が変わったって言ったじゃないか。ぼくはそばにいる。きみにはいつもトラブルがついてまわるってわかっているのに、ひとりで置いていけるわけがないだろう？」

彼はそばにいる。もちろんそうに決まっている。保護者として、引き取った孤児をひとりでうろつかせるわけにはいかないから。わたしに力と知識と経験を与えると約束したから。あのおごそかな美しい誓いの言葉のことは、もう忘れよう。考えるだけでつらくてたまらない。結局、彼は愛を誓ったりはしなかった。わたしも高望みはしなかったし、彼も自分が与えられないことは慎重に約束しなかった。ある意味、誠実だったわけだ。けれど、自分の思いどおりにするための口実をもうけられるほどの狡猾さも持ちあわせていたのだ。ケイトはボウから顔をそむけた。「だましたのね」涙で目頭が熱くなったが、絶対に泣くまいとした。

「あなたはわたしに対して誠実ではなかった」

「わかっているよ」ボウは苦しげに言った。「ぼくがそれに気づかないとでも思うかい？

やむを得なかったんだ。きみのためなんだよ」

「なにがわたしのためになるとかならないとか、誰がそんなことを決める権利をあなたに与えたの？」ケイトは声を震わせた。「誰がそんな権利を与えたのよ、ボウ？」

「誰も与えてなんかいないさ。ぼくが自分で決めたことだ」ボウはとうとうケイトの目を見て言った。「同じ状況になれば、もう一度そうする。それできみの安全を守れるなら、疑問の余地などないはずだ」ボウは髪をかき乱した。「頼むから、理性的になってくれよ」

「理性的になれですって！」ケイトは声をうわずらせた。大声で泣きわめいてしまいそうだ。彼と離れなくては。ただでさえ哀れみの対象に見られているのに、泣いたりしたらよけいに同情されるだけだ。ケイトは冷静な声を出すように努力した。「理性的になれるように頑張ってみるわ、ボウ」ケイトは弱々しく微笑んだ。「よく考えさせてほしいの。少し時間をくれる？」

「ケイト」ボウはケイトの髪を撫でようとするかのように衝動的に手をのばしたが、途中で止めた。「ああ、ちくしょう！」ボウは低く毒づくと、ベッドから立ちあがった。「服を着たほうがいい。もうすぐ港に着くから」大股でドアへ歩いていく。「デッキで会おう」

ドアが閉まるなり、ケイトはつめていた息を一気に吐きだした。悲しみをやり過ごすすべは身につけている。泣いてはだめ。甲板に出ていったとき、目が赤かったら泣いていたことがばれてしまうわ。ここにじっと座っていれば、ふたたび彼と向きあえる勇気が湧いてくるはず。ほら、もう大丈夫。もう喉も締めつけられはしないし、心を空っぽにしていれば、落ち着いていられるわ。

立派な決意にもかかわらず、ふと下を向いた拍子にまだ指にはめられたままの美しく風変わりな指輪が目に留まった。薔薇と剣。魔法の指輪とダニエルは言っていた。でも魔法は長くはつづかない。ケイトはゆっくりと頬を伝う絶望の涙にも気づかず、指輪を大切そうに握りしめた。

10

「あなたにこれを返すのを忘れていたわ」ケイトはダニエルに指輪をさしだして言った。「貸してくれてありがとう」

ダニエルは大きな手で指輪をつかみ取り、無造作に指にはめた。「親切だろう？」にやりと笑う。「花婿介添人になったのなんて、生まれて初めてだよ。思っていたほど恥ずかしくはなかったが」ダニエルはタクシーの狭い後部座席で、むきだしの逞しい脚を窮屈そうにのばした。「式の終わりのほうなんて、なんだか厳粛な気分になっちまって、われながらめまいがしたよ。あまりしょっちゅうはやりたくないものだな。さもないと、ボウみたいに責任感が強い退屈なやつになりそうだ」

ケイトはぼんやりとタクシーの窓の外を見ていた。責任。その言葉は刃のように胸に刺さった。愛でも、欲望ですらなく、責任。「もちろん、やりたくないでしょうね」ケイトはうんざりとして言った。「でも、ボウがわたしたち全員の分の責任感を持ちあわせてくれているわ」ダニエルがケイトの横顔に鋭いまなざしを向け、元気づけようとするのが感じられた。

「どこへ向かっているの？　タクシーに乗って、あなたが行き先を告げるとき、ぼんやりして聞き逃してしまったわ」

「島の裏側にある高級リゾート地だ。カルーサーズ判事の話では、ホテルを中心にプライベートなバンガローがビーチに点在しているそうだ。ボウがきみの友人のジェフリーにきみの出生証明に関する情報を聞きに行っているあいだ、きみをそこに連れていってほしいと頼まれた。明日、きみもジェフリーとジュリオに会えるよう手配するそうだ。それまでのあいだに、ホテルの店で服を調達してはどうかと言っていたよ。電話をして、きみが買ったものはすべてラントリー・グループに請求書をまわすように言ってあるそうだ」

「なんて寛大なのかしら」ケイトは皮肉をこめて言った。少なくとも彼が金銭的に寛大なのは事実だ。その寛大さが、金銭的なことではなく精神面で発揮されればどんなにいいだろう。でもそれはわたしの高望みというものだ。彼は優しさと笑いと情熱を示してくれた。そう、愛以外のすべてを。愛を与えてくれないのは、彼の落ち度ではない。彼の同情を受け入れられないのが、わたしの落ち度ではないように。「そんなにたくさんはいらないわ。着替えが少しあればうれしいけど」

あまり買わないようにしよう。高級ホテルのブティックなんて、ものすごく高いに決まっているから、ボウと別れたときに返済するのが大変だ。ケイトは彼のもとを去ると決めていた。それは避けられないことであり、しかもそう先のことではないだろう。たぶんもうすぐ。一刻も早く彼のもとを去り、心の傷を癒さなければ。

「遠慮することなんかないんだぜ」ダニエルは目をきらめかせた。「きみはもう結婚したんだから。夫婦共有財産って言葉は知っているだろう？」

「結婚の誓いを交わしたせいでボウがわたしに対して責任を負ったと言いたいのなら、そんなばかばかしい話はないわ」ケイトは冷ややかに言った。「ボウも同じことを言っていたけど、言葉をいくつか交わしたからといって、なにも変わりはしないのよ。わたしはわたしのまま、自分の責任は自分で負うわ。そしてボウは――」ケイトは激情に声がかすれた。「ボウもボウのままよ」不敵な金色の瞳をした、強くて優しいボウ。

しばらく沈黙がたれこめた。「ハネムーンの楽園に不和の兆しが見えるのはおれの気のせいかな」ダニエルはゆっくりと言った。「ボウが苛立っているのは知っていたが、役所の手続きが面倒で頭にきているんだと思っていたよ。お役所の人間とつきあうのは、ボウみたいなやつにとっては楽しいこととは言いがたいからな」一瞬、言葉を切る。「だが、それ以外に事情があるんだな？」

ケイトは窓の外を凝視していた。「ええ、じつはそうなの」無理に微笑もうとする。「あなたのせっかくの苦労も無駄になりそうよ、ダニエル。この結婚ははじまる前から終わっていたようなものだから」

「なるほど」ダニエルのまったく納得していない声の響きに驚き、ケイトはふり向いて彼を見た。「おれは無駄な努力は大嫌いだ。そういう性分なのさ。おれの硬派のイメージを台なしにしてくれたんだから、ちゃんとした理由もなしに簡単に別れさせるわけにはいかないな」ふと声を優しくしてつづける。「ボウが指輪をはめたときのきみの顔を見たよ。セディカーンの朝日みたいに輝いていた」

「それとこれとは関係ないでしょう」ケイトは声を震わせて言った。「ボウの言ったことをあなたも聞いたはずよ。移民局の手続きをしやすくするための便宜的な結婚だって」

「便宜的な結婚?」ダニエルは小ばかにして言った。「いいや、ケイト。それは絶対に違うぞ。ボウはそんなばかげた真似はしない」

「あなたは自分で思っているほど彼のことを知らないのよ」ケイトは切なそうに微笑んだ。「それこそ義理人情に厚いボウがまさに引き受けそうなことだわ。なんとしても哀れな孤児を救いたいの。わたしと結婚したのは、わたしの面倒を見るにはそうするしかなかったからなのよ」ケイトは必死に涙をこらえた。「でもそれは彼の思い違いだわ。結婚の誓いなんて交わしても、なにも変わらないってことをまるでわかっていないんだから」

「やれやれ、なんてこった！」ダニエルは目を閉じてうめいた。「たしかにボウはまぬけな野郎かもしれないな。気持ちを伝えるのがこんなに下手なんだから……」ダニエルが目を開けると、その奥には決意の光がきらめいた。「よし、どうやらこのダニエル牧師がひと肌脱がなきゃならないようだ」

あまりに似つかわしくないたとえに、ケイトは思わず口元をゆるめた。「心配してくれるのはうれしいんだけど、もういいのよ、ダニエル」いまいましいことにまた涙がこみあげてくる。「誰にもどうすることもできないの」

「泣いているじゃないか」ダニエルは憤慨して言った。「今度は泣き虫のお嬢さんまで背負いこむはめになってしまった」

「泣いてないわよ」ケイトはむっとして言い返した。「それに泣き虫なんかじゃないわ」

「そうじゃないと思っていたが、考えが変わりそうだ。〈ブラック・ドラゴン亭〉からおれを脱出させてくれたあの勇ましい女の子はどうなった？　きみはたしかに衝動的かもしれんが、意志の強さはピカイチだ」うんざりしたように首をふる。「きみとボウはいい取りあわせだよ」

「わたしにどうしろって言うの？」ケイトは怒ってたずねた。「ボウに愛してもらうことはできないし、哀れみなんていやなのよ」

「哀れみ?」ダニエルはかぶりをふった。「泣き虫のうえに救いがたいほど鈍感だ。いいか、ケイト、男はかわいそうだからって理由で結婚なんかしないもんだ。だいたいボウが結婚するなんて一生ありえないと思っていたよ。あのボウが自由をあきらめるなんて世紀の一大事なんだぞ」

「結婚した理由は話したでしょう。彼はわたしを哀れんで――」

「ばかばかしい」ダニエルはさえぎった。「あいつはきみにべた惚《ぼ》れだよ。あんなに女にぞっこんなあいつを見たのは人生はじまって以来だ」

「わたしの体を求めているだけよ」ケイトはかすれた声で訂正した。「それはもう納得しているの。男性は女性よりも愛することが苦手みたいだし」顎をそらして言う。「でも対等でない関係には我慢できないわ」

「対等ねえ」ダニエルは繰り返した。「だがきみは、男と女を対等なものとはみなしていないじゃないか。男は心変わりしやすいっていうのは、どこから来た考えだ?」

「だってジェフリーもジュリオも――」

「男がみんなジェフリーやジュリオみたいだとはかぎらないさ」ダニエルは不機嫌に言った。「おれだって、きみと同じ程度には繊細な感覚を持ちあわせている。ボウはきみを愛しているんだよ」

ケイトは首をふった。「わたしを愛しているとは、一度も言わなかったわ。それ以外のすべてを約束してくれたけど」

「言葉にすることがそんなに重要か？　ボウはその言葉をどうしても口にできないトラウマがあるのかもしれないぞ」ダニエルは肩をすくめた。「おれにわかっているのは、海軍の銃撃できみが撃たれたと思ったときのボウの表情だ。あれは絶対に同情なんかじゃないぞ、ケイト」

「そうなの？」きっとダニエルの思い違いだわ。本当だったら素晴らしすぎるもの。でももし、ダニエルが正しかったら？　ボウが本当にわたしを愛してくれていたら？「本当にそう思う、ダニエル？」

不安そうな少女のようなケイトの顔を見て、ダニエルは表情を和らげ、大きな手で彼女の手を包みこんだ。「ああ、そう思う」優しく言う。「どうしてきみにはそれがわからないのか、不思議でしょうがないよ。きみが巻き起こしたあんな大騒動に、同情だけで進んで手を貸すような男が、いったい何人いると思う？」ダニエルはにやりと笑った。「あいつが忠犬よろしくきみのあとから海に飛びこむのを見たとき、おれはすでに確信していたね」

「彼がわたしを愛している？」ケイトは驚きに目を潤ませてささやいた。

「あいつはきみを愛しているよ」ダニエルは断言した。「きみらふたりが意思疎通を欠いていたとしても、無理はないかもしれない。発射された砲弾同士がぶつかるみたいに出会っちまったんだものな。お互いを知るチャンスがまるでなかったわけだから」

そう、そしていきなり愛してしまった。でもダニエルの考えが正しければ、わたしたちがお互いをよく知るための時間はこれからいくらでもあるのだ。あくまでダニエルが正しければ、だけれど。ケイトは不安そうに眉をひそめた。「でも矛盾しているわ。愛しているならどうして、わたしを遠くへやったりするの?」

「ボウにきいてみればいいじゃないか」ダニエルは言った。「それと、たずねるときは意志を強く持つことを忘れるな。おれが思うに、きみは一度こうと思ったらとことんやりとおすタイプだ。この結婚をうまくいかせたいと思うか?」

「ええ。もちろんよ」ケイトは静かに答えた。

「それなら絶対にうまくいかせると信じて取り組め」ダニエルは片目をつぶってみせた。「コカインの隠し場所を始末するときや、監禁されている船員たちを助けだすときのような気持ちで、ボウに接するんだ。それならやりやすいだろう?」

ケイトはダニエルの手を握り返した。「やってみるわ」深呼吸をして、人生の一大事をきっと成功させよう。「あなたも一緒に来て助言してくれない?」

ダニエルは首をふった。「おれは必要ないよ。いてもじゃまになるだけだ」金の指輪に目を落として言う。「それに、セディカーンへ戻る前に、二、三、片づけておきたいことがあるんだ」

「それじゃあ、例のものすごく危険なミスター・ドナヒューのもとに戻ることにしたの？」ケイトは冗談めかしてたずねた。

「かまわないだろう？　ボウはどうやらえらく退屈な市民になるつもりらしいしな。〈サーチャー号〉の船長でいるおもしろみもなくなっちまう」ダニエルはいたずらっぽく微笑んだ。「おれたちはふたりとも、なにかを探し求めているって言ったのを覚えているかい？　おれはそれを見つけたと思うんだ」

「探し求めていたすべてのものを？」ケイトは優しく探りを入れた。

一瞬、鮮やかなネイビー・ブルーの瞳に、傷つきやすいとまどいのようなものが浮かんだ。「すべてではないかもしれない。だがいまはそれでじゅうぶんだ」無防備さは消えて、ダニエルはにやりとした。「まあ、少なくともボウは探しものを見つけたわけだ。きみはそれをやつに認めさせるだけでいいんだ」

言うのは簡単だ。ボウとのこれからの対面がいかに重要であるかを思って、ケイトは不安そうに唇をなめた。ああ、どうかお願いですから、ダニエルの勘が当たっていますように。ボウにふたりの絆をたしかなものにする言葉を口にさせることができますように。そしてこれから一生ともに暮らせますように。決して疑いを抱いてはならない。ケイトは毅然と顎を上げた。「大丈夫。あなたが言うように、簡単なことだわ」

赤く燃えるような太陽が、青く広い海に沈もうとしている。人気のない砂浜で、ケイトは暖かいそよ風が頬を撫でるのを感じていた。優しい風とは対照的に、夕陽は荒々しいほどに美しかった。白い砂浜が燃え立つような輝きに染まり、遠くにそびえ立つ現代的なホテルは炎の剣のようだ。

剣。ケイトはその言葉で、ダニエルのエキゾチックな指輪の精巧な薔薇を貫く剣の紋章を思いだした。魔法。いまこそ、その魔法を心から信じるときだ。

「ホテルからこんなに遠くまで来て、いったいどういうつもりだ?」ボウのぶっきらぼうな声が背後から聞こえ、ケイトはびっくりした。「人気のない砂浜に女性がひとりでいたら、誘ってくださいと言っているようなものじゃないか」

ケイトはふり返ってボウを見た。燃える夕陽の輝きが彼のブロンズ色の顔を褐色に染め、黒いジーンズとシャツにベルベットのような深みを与えている。「バンガローに残してきた手紙を見てくれたのね。それこそまさしくわたしが伝えたかったことよ」冗談めかしてケイトは言った。「これは誘いなの」

「どうやらそのようだ」ボウはハスキーな深みのある声で言い、ケイトの全身に視線を這わせた。ああ、彼女はなんて美しいんだろう。ゆったりした白いサンドレスは、ジャングルの夜に着ていたガウンを思いださせるが、襟元が四角く大きく開いているところが違う。すっとのびた首筋がとても優美で繊細で、ひたむきな表情にどうしようもなく喉が締めつけられる。本当に愛らしい。ボウはあわてて目をそらした。「買い物したんだね」

「あなたのお金をずいぶん使ってしまったわ」ケイトはわざとボウによく見える位置まで近づいた。「でも返さないわよ。ダニエルが夫婦は財産を共有できるって言っていたもの」にっこりして言う。「共同体《コミュニティ》っていうのは、ともにいて分けあうという意味だって知っていた？　ホテルに着いたときに、書いてあったの。とても気に入ったわ」

ボウの瞳に驚きの色が浮かんだ。「返してもらおうとは思っていないよ」ぶっきらぼうに言う。「船で、きみはぼくに対して法的権利を持っているって言っただろう。きみが賢明でうれしいよ。ブライアークリフへ行く気になってくれたのかい？」

「あなたがわたしをどこへ行かせたいと思っていようと、反対はしないわ」ケイトは意識的に間を置いた。「わたしは言葉が大好きだって、前に言ったわよね。聖書にわたしの気持ちを表現してくれるとても美しいフレーズがあるの。〝あなたを捨て、あなたを離れて帰ることをわたしに勧めないでください。わたしはあなたの行かれるところへ行き、またあなたの宿られるところに宿ります。あなたの民はわたしの民、あなたの神はわたしの神です。あなたの死なれるところでわたしも死んで、そのかたわらに葬られます〟（ルツ記第一章十六節）」

ケイトの正直でまっすぐな瞳に見つめられて、ボウは心臓がひっくり返りそうな心地がした。「わたしの気持ちはその言葉どおりよ。ともにあるかぎり、わたしはどこへでも行き、あなたの望むとおりにするわ」淡い笑みを浮かべて、ケイトはささやくように繰り返した。「ともにいつまでも。一緒にブライアークリフへ行って、そばにいてくれるなら、わたしは喜んでそこに留まるわ」

「ケイト……」ボウはケイトが口にした聖書の言葉と同じ古《いにしえ》の本能に突き動かされて、前へ進みでた。けれどもまたあとずさり、彼女に触れずに手をおろした。「きみを見守るためにぼくも行くと言っただろう」

「あしながおじさんみたいに？」ケイトはかぶりをふった。「それじゃあ足りないわ、ボウ。わたしは夫が欲しいの。後見人ではなくてね」

「きみはなにが望みか、自分でもわかっていないんだ」ボウは硬く張りつめた表情で言った。「きみの頭のなかは『ロミオとジュリエット』や愛のたわごとでいっぱいだ。ぼくはきみをベッドに連れこんで初めてのセックスの味を教え、ますますそれを助長してしまった。きみにはふさわしいことがある、きみに必要なことがね。ぼくがそれを与えられる唯一の人間だときみに思いこませるのは卑怯《ひきょう》だ。きみがいろいろな経験をしたあとで、まだぼくを求めてくれるなら……」ボウはふいに口をつぐみ、ブロンズ色の髪をかきむしった。「ああ、ケイト、そうだったらどんなにいいかと思うよ！」

「もちろんあなたを求めるわ」ケイトは穏やかに言った。「これから一生、いついかなるときもあなたを求めつづけるわ」ボウが口を開こうとすると、ケイトは手で制した。「言わないで。わかっているわ。理想主義で夢想家の面がわたしにあることは否定しない。でもだからといって、ネヴァーランドに住むピーター・パンとは違うのよ。わたしは困難の多い厳しい人生を生き延びてきた。現実と空想の区別がつかないようだったら、生き延びることはできなかったでしょう」

「きみがつらい人生を過ごしてきたからこそ、ぼくはきみを利用するような真似はしたくないんだ」ボウは強情に口を引き結んだ。「ぼくのやりかたで進めさせてもらうよ、ケイト」

「わたしは反対よ」ケイトの穏やかな声にも鋼の意志を思わせる響きがあった。「わたしにとってとても大事なことだから、あなたの騎士道精神を優先させるわけにはいかないの」

「騎士道精神！」

ボウのひどく憤慨した口調にケイトは思わず笑みをこぼした。「ごめんなさい。侮辱する気はなかったの。でもあなたってどうしようもなく古くさい倫理観の持ち主なんだもの。前世紀の夢物語に生きる男性と幼少期からともに暮らしてきた者にとっては、その兆候は火を見るよりも明らかよ。ネヴァーランドに住んでいるのはあなたのほうだわ。あなたはどうしてわたしを遠くへやりたいのかしらとダニエルにたずねたら、自分できいてみればいいって言われたわ」ケイトは首をふった。「でもその必要はなさそう。じっくり考えてみたんだけど、どういう論理をたどったかはともかくとして、あなたはランスロットやガラハッドよりはるかに始末に負えないって気がついたの」少女っぽく鼻にしわを寄せて言う。「アシュレー・ウィルクスも顔負けかもね」

「とんでもない誤解だ」ボウは言った。その瞳の奥にかすかに楽しげな光が灯る。「ひどい中傷だよ、ケイト」

「ウィルクスのたとえは取り消すわ」ケイトは寛大に言った。「でもそれ以外のことはゆるぎない事実よ。あなたは前世紀の人間なのよ、ボウ。それに比べたら、ジェフリーなんて前衛派《アヴァンギャルド》だわ。水たまりにマントをかけて渡らせてあげる女性を求めているなら、ほかを探すことね。わたしは自分の面倒は自分で見られるから」

ボウの金色の瞳がふいにいたずらっぽい輝きを帯びた。「じゃあ、ぼくの前の水たまりにきみのマントを敷いてくれるかい？　この何日か、びしょ濡れになることにものすごい抵抗を感じるようになってね」

「いつでも」ケイトは愛情あふれる笑顔で答えた。わたしのマントと、わたしの体と、わたしの心であなたを守ってあげる。「頼んでくれさえすれば」

「あらためて言われると心外だな」ボウは情けなさそうに首をふった。「すごくおかしな気分だ」

「よかった」ケイトは言った。「あなたをおかしな気分にさせて、バランスを失わせたかったから。そのぶん、わたしが優位に立てるでしょ。べつにどうしてもってわけじゃないのよ。ダニエルに、意志を強く持ってことに当たれって言われたから」

「ダニエルはずいぶんとおしゃべりだったようだな。あいつは、きみにどんな切り札があると思っていたのかな」

ケイトは大きく息をついて言った。「あなたがわたしを愛しているという事実よ」一気にまくしたてる。

ボウの顔をなんとも言えない表情がよぎった。「そうなのかい?」

ケイトはうなずいた。「ええ、ダニエルが言っていたわ。わたしも彼の勘は正しいと思う。あなたはわたしを愛しているのよ、ボウ」ケイトは微笑もうとして唇をわななかせた。「どうしてわたしがこんなに確信を持てるか、わかる?」

「いいや」ボウは衝動的にケイトの顔を見つめずにいられなかった。

「わたしがこんなにあなたを愛しているのに、少しもその愛を返してもらえないなんて、ありえないことだから」ケイトは涙で声をつまらせながら言った。「あなたをこんなに近く感じているのだから、意図的であれ無意識であれ、あなたがわたしを拒んでいたら、きっとわかるはずだもの」もどかしげに片手をふって言う。「わかるのよ、ボウ」

「知りあって二、三日なのにかい？」ボウはかすれた声で言った。「ぼくはきみの初めての男だ。愛しているなんて、錯覚だよ。半年後にはほかの男に目移りしているさ」

「あなたはわたしの最初で最後の、そしてただひとりの恋人よ」ケイトは瞳に穏やかな光を湛えて言った。「ときにはこういう出会いもあるのよ。あっという間に恋に落ちて、それからお互いを知っていくの。そのほうがいいかもしれないわ。これから一緒にいろいろな経験をしていくのがとても楽しみだもの」ケイトはボウに近づいて、彼の頬を両手で包んだ。

「言って、ボウ」

「こんなのはフェアじゃない」ボウは緊張に顔を引きつらせた。「ケイト、ぼくはそんな賄《わい》賂《ろ》をきみに渡して言いくるめる気はないぞ」

「賄賂？」ケイトは驚いてきき返した。

「愛っていうのは賄賂と同じだ」ボウは苦々しげに口元をゆがめた。「ぼくは経験上、わかるんだよ。これまでどれだけたくさんの親戚たちがぼくの鼻先に愛という名の人参をぶらさげたか。〝おまえを愛しているよ、ボウ。いい子だから、わたしたちを親代わりに選びなさい〟、〝おまえを愛しているけれど、快適な暮らしをするためにはじゅうぶんな金がいるんだよ、そうだろう？〟その言葉を言いさえすれば、なんでも見返りにもらう権利があるように勘違いしている輩《やから》がいるのさ」ボウは疲れたように肩をすくめた。「たまにはそれがすごい効き目を持つこともあった。どうしようもなく自分の居場所を求めていたから、そういう人間を信じてしまいそうになったことも何度かある」わびしげなまなざしでボウはつづけた。「だからぼくはきみにそういう策略を用いたくないんだ、ケイト。なにひとつぼくに恩を感じる理由はないんだよ」

ケイトの胸は喜びでいっぱいになった。彼は本当にわたしを愛している！　あとは過去の幻影をぬぐい去ってしまいさえすればいい。それには彼にその言葉を口にさせなければならない。「ボウ、あなたはジョージ叔父さんじゃないし、わたしは必死に家族を求めている幼い少年じゃない。あなたを心から愛するひとりの女よ」ケイトはふと顔をしかめた。「こんなふうに言うと、わたしもあなたを言いくるめようとしているとあなたは思ってしまうのかしら」

「そんなこと思うもんか」ボウはすぐさま否定した。「きみは絶対に――」ボウは言葉を切り、穏やかに微笑むケイトを満足そうに見つめた。「それとこれとは別問題だ」

「そうかしら? わたしは同じだと思うわ。とても素晴らしくて特別なことがわたしたちの身に起きて、それは過去とはいっさい関係がないのよ。わたしの生い立ちがさまたげになることはないし、あなたにとってもそうなのよ、ボウ。わたしはあなたに騎士道精神を求めてもいないし、あなたが言う〝フェアなやりかた〟をしてほしいとも思わない。わたしの望みはただあなたに愛してもらうことだけよ。あとのことは自然にまかせましょう」ケイトはボウの頰を包んでいた手を肩におろし、優しくゆさぶった。「お願い、言って、ボウ」

「騎士道精神なんかとは違うんだ」ボウは苦しげに言った。「ぼくがそんな高潔な男だったら、きみと結婚したと思うかい? 結婚しても、移民局の手続きが簡単になるなんてことはありえないことを、ぼくは知っていたんだ。きみに援助を受けさせるために結婚したわけでもない。きみを失うのが怖くてたまらなかったから、どこへも行かないようにぼくに縛りつけたのさ。きみを自由にすると言いながら、いっぽうでは鎖でつないでいたんだ。きみのそばにいて、見守る口実が欲しかっただけなんだよ」ボウは口元をこわばらせた。「きっとこの先、きみが思いを寄せる男が現われても、不思議といなくなってしまうことにきみは気づいただろう。ぼくはそいつらを追い払わずにいられないから」ボウは陰気な声で笑った。

「たいしたガラハッドだよな!」

「あなたが完璧には高潔じゃないんだとわかって、わたしはむしろうれしいわ」ケイトは瞳をきらめかせて言った。「この二日ほどのあいだに知るようになったあなたのほうが、一緒にいてずっと気が楽だもの。もう何段か、玉座からおりてくれるとさらにいいんだけど」優しくなだめすかすように言う。「さあ、ちょっぴりご褒美をちょうだい。愛していると言ってよ」

「ケイト、そんなに苦しませないでくれ」ボウの声は震えていた。「ぼくはきみにとっての最善を尽くそうとしているんだ」

「本当に頑固な人ね」ケイトはため息をついた。「あなたがわたしにとっての最善なのよ」

突然、ケイトは砂の上に白いサンドレスを優雅に広げて膝をついた。高慢なしぐさでボウの手を引っぱる。「ここに来て」

ボウは用心深い顔つきで、言われたとおりにケイトと向かいあって膝をついた。「またぼくを誘惑するつもりじゃないだろうな?」

「それも悪くないわね」ケイトは小生意気に笑って言った。「でもあとで、たぶらかされて無理やり言わされたなんて、言いわけされたくないし。誘惑はまたべつの機会にしたほうがよさそう」ケイトはボウの両手を包みこんだ。「いまは誓いを交わすときだから」

「誓い?」ボウはますます警戒した表情になった。

「わたしの誓いよ」ケイトは愛おしげにボウに微笑みかけた。「船での結婚式ではあなたにふいを突かれたけど、いまはちゃんと考えてあるわ。たくさんの証人がいなくても、ふたりきりで交わすこの誓いは正当なものよ」

「ケイト――」

「黙って、わたしの番なんだから」ケイトはボウの両手を握りしめ、まっすぐに目を見つめた。「あなたはわたしに正直さと寛大さを見いだしたと言ったわね。それが本当であることを願うわ。だってわたしも同じものをあなたのなかに見ているから。それにユーモアと優しさ、勇気と理解も。あなたは太陽のようにわたしを温めてくれる。あなたといると、わたしは身も心も、そして魂ものびのびとしていられる」ケイトの声は穏やかながら、生命力にあふれていた。「これからの生涯、あなたがわたしに求め、必要とするものをすべて与えると誓います。あなたを守り、ともに成長し、つねにそばにいて手を取り、なぐさめ、情熱に応えることを誓います」ケイトはしばし口をつぐんだ。「そして死がわたしを連れ去るその日まで、ボウ・ラントリー、あなたを愛することを誓います」

そよ風に巻き毛をなびかせながら、ケイトは嘘をつくことを知らない優しく澄んだ瞳でボウを見つめていた。ボウは体の奥のしこりが溶けて、永遠に消え去ったことがわかった。気がつくと、いつの間にかケイトが腕のなかにいた。「ああ、愛しているよ、ケイト」ボウはかすれ声でとぎれとぎれにつぶやいた。ケイトの頬に押しあてられる彼の頬は涙で濡れていた。「愛している！　愛している！」

「わかっていたわ」ケイトは母親が子どもをなだめるようにささやいた。「ほら、もう楽になったでしょう？」優しくキスをして、彼の顔にかかった髪を撫でつける。「わたしのために強くなろうなんて思わないで、ただそばにいてくれればいいの。あなたがそうすることを望むなら、反対はしないけれど。感謝して受けとめるわ。でもわたしの贈り物も受け取ってくれなくてはだめよ。これから一生、お互いに持てるすべてを与えあっていくの。美しくて素晴らしいことよね、ボウ」

「ああ、美しい」ボウの声はまだかすれていたが、もはやそれを隠そうとはしなかった。

「本当にいいのか、ケイト？　ぼくの案を何カ月か試してみる気はまったくないのかい？」自嘲気味に口元をゆがめる。「きみを完璧に手放すのは無理だろうが、できるかぎり離れて見守るよう努力するよ」

「そしてどちらもみじめな思いをするの？」ケイトは首をふった。「そんなのいやよ。わたしはハネムーンを思いきり楽しみたいわ」

「それはぼくにまかせてくれ」ボウはケイトをきつく抱きしめ、前髪に唇を押しつけた。

「ありったけの楽しみをきみに味わわせてあげたいんだ、ケイト。すべてをきみにあげたい、きみのすべてになりたい。父親で、兄で、親友で、恋人でありたい」ボウはケイトの顎に手を添えて、目をのぞきこんだ。「いままでのぼくの人生は、きみのあの回転木馬のようだった。くるくるまわりながら虚《むな》しく夢を追いかけつづけていた。でもいま、求めていたものが目の前にある。きらきら輝く本物で、しかもぼくのものなんだ」

太陽はすでに傾き、薔薇色の輝きは豊かな金色へと変わり、ありとあらゆるものにきらめきを与えている。ボウの瞳も金色で、みずから認めた愛に輝いている。これ以上、なにを望むというのだろうか。ケイトは彼の肩に顔をうずめ、つとめて軽い口調で言った。「これからどうする？〈サーチャー号〉でアトランティス大陸を探す旅に出る？」

ボウはケイトの髪を撫でながら静かに答えた。「ぼくはいままでずっと幻のアトランティスを探していたんだろうな。メリーゴーランド症候群ってやつさ。それより、ブライアークリフのダニーとアンソニーを訪ねようかと思うんだ。それからふたりでもっと価値のあるなにかを探す旅をつづけよう」

「それはなんなの？」

「人生の目的だ」ボウはゆっくりと答えた。「それこそ究極の宝じゃないかという気がしてきたよ」ケイトの額にそっと口づけて言う。「もちろん、ぼくの大事なケイトの次にね」

「当然よ」ケイトも冗談めかして言った。「海賊の血を引くプレイボーイにとっては、壮大な目標ね。ダニエルは、あなたが退屈な市民になるつもりらしいって警告していたけど」

「きみが倦怠《けんたい》の病に冒される心配は絶対にないから安心してくれ。ぼくがきみを楽しませつづけると保証するよ」ボウはふいにいたずらっぽく忍び笑いした。「それにぼくがまじめ人間になるとしたらそれはきみのせいなんだから、文句は言えないはずだよ」

「わたしのせい？　わたしのために身を犠牲にするようなことはしないでって――」

「きみのせいだ」ボウはまた言うと、愛おしげにケイトの唇にキスをした。「どんな筋金入りの海賊だろうと、このレディに出会ったら、放浪の日々に別れを告げずにはいられないさ。なんと言ってもきみはクサンチッペとシバの女王をかけあわせた麗しのレディなんだからね」

訳者あとがき

ハリウッドの人気俳優ジョニー・デップが海賊ジャック・スパロウを演じる『パイレーツ・オブ・カリビアン』シリーズや、子どもから大人まで大人気の少年漫画『ONE PIECE』など、いまなぜか日本は空前の海賊ブーム。それとシンクロするかのように、今回のアイリス・ジョハンセンの新刊は、カリブの青い海と熱帯の島々を舞台にした、海賊映画さながらのスリル満点の冒険ロマンスです。本書はさらに、セディカーン・シリーズの番外編でもあります。『ふるえる砂漠の夜に』（二見文庫）のダニエル・シーファートが、主人公ボウ・ラントリーの親友としてじつにいい味をだしてくれていて、思わず惚れ直してしまいました。深いトラウマに苦しみながら、人生の大切ななにかを探し求めるダニエル。そんな彼がこれからジラと出会い、愛を見つけるのだな、と感慨深いものがありました。

ヒロインのケイトは七歳のときに母に捨てられ、当時の母の恋人だったジェフリーという密輸業者に連れられて、南の島々を渡り歩きながら成長しました。したがって学校へは通ったことがありません。でも父親がわりのジェフリーに買ってもらった古い百科事典を読んで勉強したので、彼女の聡明な頭のなかには豆知識がぎっしりつまっています。しかしアメリカ市民としてふつうに暮らした経験がないため、驚くほど世間の事情に疎く、そこがまた切なくいじらしくて、生来の正直さや勇敢さとともにケイト独特の魅力にもなっています。自然児がそのまま大人の女性になったようなケイトは、無垢で汚れのない心の持ち主で、自分を捨てた母に対して恨みがましいことは一言も口にせず、愛する人々のためなら、命さえ投げだして尽くそうとします。あるいはそれは、捨てられた悲しみの埋め合わせなのかもしれません。

一方のボウ・ラントリーは赤ん坊の頃に両親に先立たれ、世界的な複合企業であるラントリー・グループの御曹司として、貪欲な親戚たちが金目当ての監護権争いを繰り返すなかで、人の愛情を信じられないまま成長しました。心の底では必死に愛を求めながらも、深い関係を築くことを怖れて皮肉屋の仮面で武装し、なにごとも冗談でかわしてしまいます。そんな救いようのない寂しさを胸の内に抱えたボウが、青い空と海にかこまれた南国の島で、物欲とは無縁の無垢でまっすぐな心のケイトに惹かれたのは、運命の導きにほかなりませんでした。

ひょんなことから麻薬密売組織に追われる身となったボウとケイトは、船で島を逃れます。

けれども追っ手が迫り、船長のダニエルが人質に！　その救出作戦と逃亡劇、そして官能的なラブ・シーンの数々。本書はまさに時間を忘れて楽しめる上質なエンターテイメントと言えるでしょう。ジョハンセンがまだ若く筆が乗っていた頃に書かれた作品ですので、当時の懐かしい時代の雰囲気もあわせて、円熟期のいまとはまた違った味わいをお楽しみいただければと思います。また冒頭でも触れましたが、セディカーン・シリーズの番外編とも言える本書では、『ふるえる砂漠の夜に』のジラと出会う前のダニエルが精悍で頼もしい好人物として描かれていて、シリーズのファンとしては、ボウとケイトが将来セディカーンを訪ねたら、きっとジラとも仲良くなれるだろうなとか、『砂漠の花に焦がれて』（二見文庫）のビリーとケイトが会ったら、だんぜん意気投合するに違いない、などと楽しい想像もふくらみます。セディカーンの莫大な富とラントリー・グループの強大な財力を合わせたら、世界中のヘロインを撲滅して子どもたちを守りたいというケイトの夢も、あるいは叶うかもしれませんね。そんなジョハンセン自身の静かな訴えが心に響く作品群でもあります。

二〇一二年八月

ザ・ミステリ・コレクション

澄《す》んだブルーに魅《み》せられて

著者　アイリス・ジョハンセン

訳者　石原《いしはら》まどか

発行所　株式会社 二見書房
東京都千代田区三崎町2-18-11
電話 03(3515)2311 [営業]
03(3515)2313 [編集]
振替 00170-4-2639

印刷　株式会社 堀内印刷所
製本　株式会社 村上製本所

落丁・乱丁本はお取り替えいたします。
定価は、カバーに表示してあります。

ISBN978-4-576-12122-2
http://www.futami.co.jp/

黄金の翼
アイリス・ジョハンセン
酒井裕美［訳］

バルカン半島小国の国王の姪として生まれた少女テスは、ある日砂漠の国セディカーンの族長ガレンに命を救われる。運命の出会いを果たしたふたりを待ち受ける結末とは…？

ふるえる砂漠の夜に
アイリス・ジョハンセン
坂本あおい［訳］

砂漠の国セディカーン。アメリカからの帰途ハイジャックの人質となったジラ。救出に現われた元警護官ダニエルとまたたくまに恋に落ちるが…好評のセディカーン・シリーズ

波間のエメラルド
アイリス・ジョハンセン
青山陽子［訳］

うぶな女私立探偵と芸術家肌の王子様。プレイボーイの彼から依頼されたのは、つきっきりのボディガードで…!? ユーモアあふれるラブロマンス。セディカーン・シリーズ

あの虹を見た日から
アイリス・ジョハンセン
坂本あおい［訳］

美貌のスタントウーマン・ケンドラと大物映画監督。華やかなハリウッドの世界で、誤解から始まった不器用なふたりの恋のゆくえは……？ セディカーン・シリーズ

砂漠の花に焦がれて
アイリス・ジョハンセン
石原まどか［訳］

映画撮影で訪れた中東の国セディカーンでドライブしていた新人女優ビリー。突然の砂嵐から彼女を救ったのは黒馬に乗った〝砂漠のプリンス〟エキゾチック・ラブストーリー

燃えるサファイアの瞳
アイリス・ジョハンセン
青山陽子［訳］

恋に臆病な小国の王女キアラは、信頼する乳母の窮地を救うため、米国人実業家ザックの元へ向う。ふたりは出逢ってすぐさま惹かれあい、不思議と強い絆を感じ……

嵐の丘での誓い
アイリス・ジョハンセン
青山陽子［訳］

華やかなハリウッドで運命的に出会った駆けだしの女優と映画プロデューサー。亡き姉の子どもを守るためふたりは結婚の約束を交わすが…。感動のロマンス！

カリブの潮風にさらわれて
アイリス・ジョハンセン
青山陽子［訳］

ちょっぴりおてんばな純情娘ジェーンが、映画監督ジェイクの豪華クルージングに同行することになり…⁉ 大海原を舞台に描かれる船上のシンデレラ・ストーリー！

誘惑のトレモロ
アイリス・ジョハンセン
坂本あおい［訳］

若き天才作曲家に見いだされ、スターの座と恋人を同時に手に入れたミュージカル女優・デイジー。だが知られざる男の悲しい過去が、ふたりの愛に影を落としはじめて…

星に永遠の願いを
アイリス・ジョハンセン
酒井裕美［訳］

戦乱続くイングランドに攻め入ったノルウェー王の庶子で勇猛な戦士ゲージと、奴隷の身分ながら優れた医術を持つブリンとの愛を描くヒストリカルロマンスの最高傑作！

青き騎士との誓い
アイリス・ジョハンセン
酒井裕美［訳］

十二世紀中東。脱走した奴隷のお針子ティーアはテンプル騎士団に追われる騎士ウェアに命を救われた。終わりなき逃亡の旅路に、燃え上がる愛を描くヒストリカルロマンス

ふたりの聖なる約束
アイリス・ジョハンセン
阿尾正子［訳］

戦士カダールに見守られ、美しく成長したセレーネ。ふたりはある秘宝を求めて旅に出るが、そこには驚きの秘密が隠されていた…『青き騎士との誓い』待望の続篇！

夜風のベールに包まれて
リンダ・ハワード
加藤洋子［訳］

美人ウェディング・プランナーのジャクリンはひょんなことからクライアント殺害の容疑者にされてしまう。しかも現われた担当刑事は〝一夜かぎりの恋人〟で…⁉

永遠の絆に守られて
リンダ・ハワード／リンダ・ジョーンズ
加藤洋子［訳］

重い病を抱えながらも高級レストランで働くクロエは最近、夜ごと見る奇妙な夢に悩まされていた。そんなおり突然何者かに襲われた彼女は、見知らぬ男に助けられ…

凍える心の奥に
リンダ・ハワード
加藤洋子［訳］

冬山の一軒家にひとりでいたところ、薬物中毒の男女に強盗に入られ、監禁されてしまったロリー。そこへ助けに現われたのは、かつて惹かれていた高校の同級生で…⁉

きらめく星のように
スーザン・エリザベス・フィリップス
宮崎槙［訳］

人気女優のジョージーは、ある日、犬猿の仲であった元共演者の俳優ブラムと再会、とある事情から一年間の結婚契約を結ぶことに…⁉ ユーモア溢れるロマンスの傑作

きらめきの妖精
スーザン・エリザベス・フィリップス
宮崎槙［訳］

美貌の母と有名スターの間に生まれたフルール。しかし修道院で育てられた彼女は、母の愛情を求めてモデルから女優へと登りつめていく……波瀾に満ちた半生と恋！

あの丘の向こうに
スーザン・エリザベス・フィリップス
宮崎槙［訳］

気ままな旅を楽しむメグが一文無しでたどりついたテキサスの田舎町。そこでは親友が〝ミスター・パーフェクト〟と結婚式を挙げようとしていたが、なぜか彼女は失踪して…⁉

許される嘘

ジェイン・アン・クレンツ
中西和美［訳］

人の嘘を見抜く力があるクレアの前に現われた謎めいた男ジェイク。運命の恋人たちを陥れる、謎の連続殺人。全米ベストセラー作家が新たに綴るパラノーマル・ロマンス！

消せない想い

ジェイン・アン・クレンツ
中西和美［訳］

不思議な能力を持つレインのもとに現われたアーケイン・ソサエティの調査員ザック。同じ能力を持ち、やがて惹かれあうふたりは、謎の陰謀団と殺人犯に立ち向かっていく…

楽園に響くソプラノ

ジェイン・アン・クレンツ
中西和美［訳］

とある殺人事件の容疑者の調査でハワイに派遣された特殊能力者のグレイス。現地調査員のルーサーとともに事件に挑むが、しだいに思わぬ陰謀が明らかになって…!?

夢を焦がす炎

ジェイン・アン・クレンツ
中西和美［訳］

特殊能力を持つゆえ恋人と長期的な関係を築けずにいた私立探偵のクロエ。そんなある日、危険な光を放つ男が訪れ、彼の祖先が遺したランプを捜すことになるが…

霧に包まれた街

ジェイン・アン・クレンツ
中西和美［訳］

アメリカ西海岸の田舎町にたどり着いたイザベラは調査会社〈J&J〉のアシスタントになる。深い霧のなかでの闘いと愛！〈アーケイン・ソサエティ〉シリーズ最新刊

危険な愛の訪れ

ローラ・グリフィン
務台夏子［訳］

元恋人殺害の嫌疑をかけられたコートニーは、刑事ウィルと犯人を探すことに。惹かれあうふたりだったが、黒幕の魔の手が忍び寄り…。２０１０年度ＲＩＴＡ賞受賞作

二見文庫 ザ・ミステリ・コレクション

危険すぎる恋人
リサ・マリー・ライス
林啓恵［訳］

雪嵐が吹きすさぶクリスマス・イブの日、書店を訪れたジャックをひと目見て恋におちるキャロライン。だがふたりは巨額なダイヤの行方を探る謎の男に追われはじめる。

眠れずにいる夜は
リサ・マリー・ライス
林啓恵［訳］

パリ留学の夢を諦めて故郷で図書館司書をつとめるチャリティに、ふたりの男——ロシア人小説家と図書館で出会った謎の男が危険すぎる秘密を抱え近づいてきた……

悲しみの夜が明けて
リサ・マリー・ライス
林啓恵［訳］

闇の商人ドレイクを怖れさせるものはこの世になかった。美貌の画家グレイスに会うまでは。一枚の絵がふたりの運命を一変させた！想いがほとばしるラブ&サスペンス

愛は弾丸のように
リサ・マリー・ライス
林啓恵［訳］

セキュリティ会社を経営する元シール隊員のサム。そんな彼の事務所の向かいに、絶世の美女ニコールが新たに越してきて……待望の新シリーズ第一弾！

青の炎に焦がされて
ローラ・リー
桐谷知未［訳］

惹かれあいながらも距離を置いてきたふたりが再会した場所は、あやしいクラブのダンスフロア。それは甘くて危険なゲームの始まりだった。麻薬捜査官とシール隊員の燃えるような恋

誘惑の瞳はエメラルド
ローラ・リー
桐谷知未［訳］

政治家の娘エミリーとボディガードのシール隊員・ケル。狂おしいほどの恋心を秘めてきたふたりが〝恋人〟として同居することになり…。待望のシリーズ第二弾！